www.ingramcontent.com/pod-product-compliance
Lightning Source LLC
LaVergne TN
LVHW010840051026
849532LV00007B/2764
9789358726091

بجوکا

(افسانے)

سریندر پرکاش

Bajooka *(Short Stories)*
by: Surendra Prakash
Edition: October '2024
Publisher :
Taemeer Publications LLC (Michigan, USA / Hyderabad, India)

ISBN 978-93-5872-609-1

کتاب	:	**بجوکا** (افسانے)
مصنف	:	**سریندر پرکاش**
صنف	:	فکشن
ناشر	:	تعمیر پبلی کیشنز (حیدرآباد، انڈیا)
سالِ اشاعت	:	۲۰۲۴ء
صفحات	:	۹۴
سرورق ڈیزائن	:	تعمیر ویب ڈیزائن

فہرست

خشت و گل

نوح کی کشتی میرے گھر کی دیوار کے ساتھ آ لگی ہے۔ اور اب دھیرے دھیرے بڑھتی ہوئی صدر دروازے تک آرہی ہے۔۔۔ اس میں وہ سب کچھ موجود ہے جو نوح لے کر چلے تھے۔۔۔ ایک ایک کر کے تمام چیزیں اتار لی جائیں گی اور اس کے بدلے میں وہ سب کچھ لاد دیا جائے گا جو ہم نے دہلیز پر اکٹھا کر رکھا ہے۔۔۔ سب کچھ طے ہو گیا ہے۔ بس اب یہ پوچھنا باقی ہے کہ نوح پھر کب آئیں گے؟

سبھی کچھ ہے سوائے نوح کے۔۔۔ اور نوح کا انتظار ہو رہا ہے۔ پھر کشتی روانہ ہو جائے گی۔۔۔ کالا سمندر ویسے ہی میرے گھر کی دیواروں کے ساتھ سر ٹکرانے لگے گا اور اس کی زخمی سانسیں ویسے ہی سنائی دینے لگیں گی۔۔۔ کالا سمندر اداس ہے اور اسی طرح اداسی میں سر جھکائے پاؤں پاؤں صندل کے پاؤں پہاڑی راستے ہوتا ہوا اپنے گاؤں چلا جائے گا۔

ہر راستہ اس کے گاؤں کی طرف جاتا ہے۔ ہر گاؤں میں بے شمار پگڈنڈیاں پھیلی ہوئی ہیں۔ جن پر انتظار کے پاؤں کے نشان کھدے ہوئے ہیں۔ پگڈنڈیاں میرے گھر کو جاتی ہے۔ اور ہر گھر میں 'میں' بیٹھا دہلیز پر سامان اکٹھا کر رہا ہوں، جو نوح کی کشتی میں رکھا جانا ہے اور نوح کے آجانے پر سب طے ہو جائے گا۔

گاؤں میں ہر طرف تاریکی ہے۔ اسی تاریکی میں کوئی سایہ ہماری طرف بڑھتا ہے وہ

شاید گاؤں کا چوکیدار ہے، جو ہمیں خبر دار کرنا چاہتا ہے، تاکہ ہم کچھ کھونہ دیں اور اپنے مال و متاع پر کڑی نظر رکھیں۔ جب وہ ہمیں خبر دار کر رہا ہوگا، تو کوئی بھوراسایہ دبے پاؤں اس کے گھر میں گھس جائے گا اور اسکا سب کچھ لوٹ لے گا۔ اس کی بیوی کے لمبے کیشوں میں اپنی انگلیاں پھرائے گا۔ نتھنوں سے ان کو سونگھے گا۔ ہونٹوں سے اس کے رخساروں کو چومے گا، اور وہ سوکھی ہوئی ٹہنی کی طرح ٹوٹ کر آگرے گی، اور سب کچھ بھیگ جائے گا۔ تاریکی کالے سمندر سے نچڑتی ہوئی نکلے گی اور کارخانوں میں بناہوا لاکھوں گز کپڑا اسے اپنے آغوش میں بھرلے گا۔

کپڑے پر پسینے کی ایک ندی بہی چلی جارہی ہے جو گاؤں کے کھیتوں کو سیر اب کرتی ہے۔ نوح کی کشتی میں انھیں کھیتوں میں اگی ہوئی اناج کی بالیاں تھیں جن کے بدلے اب کساٹا آئس کریم رکھی جائے گی۔

کساٹا آئیس کریم کھانے کے لیے جو چیونٹی آگے بڑھ رہی تھی وہ میرے پاؤں کے نیچے آگئی ہے۔ میں اس چیونٹی کی تصویر بناچکا ہوں۔ اس میں ہر رنگ بھر دیا ہے، مگر 'وہ' کہہ رہاہے۔ ابھی ایک رنگ باقی ہے۔ چھوٹی سی چیونٹی کی اتنی بڑی تصویر میں ابھی ایک رنگ باقی ہے۔ میں اور چیونٹی دونوں کساٹا آئیس کریم کھانا چاہتے ہیں۔ وہ کہتاہے، دونوں اپنے اپنے مقدر کا لے لو۔ تاکہ یہ رقابت ختم ہو۔ میں شرمندہ ہوں، اگر نوح آکر دیکھیں کہ میں ابھی تک چیونٹی کی تصویر بھی مکمل نہیں کرپایا، تو وہ کیا سوچیں گے؟ میں نے اس کی بات مان لی ہے، ہم دونوں اپنے اپنے مقدر کا بانٹ لیں گے اور رنگ مکمل طور پر بولنے لگیں گے۔ نیلے رنگ کی زبان مجھے اچھی نہیں لگتی، مگر پھر بھی میں نے اسے بولنے کے لیے کہہ دیاہے۔ اور یہی وہ رنگ ہے جو سب سے زیادہ بولتاہے۔ کبھی بچے کی معصوم زبان میں اور کبھی جوان لڑکی کی تیکھی زبان میں اور مجھے اپنے آغوش میں کھینچ لیتاہے۔

میں بے بس ہوں، ایسا لگتا ہے جیسے میری کھال بہت چکنی ہے جس پر سے ہر چیز پھسلتی ہوئی نکل جاتی ہے اور پھر بکھر کر تین حصوں میں بٹ جاتی ہے۔۔۔ برھما، وشنو، مہیش، میری ساری سرشٹی ان تین بھائیوں نے بانٹ لی ہے۔ اور میرے تین ٹکڑے کر کے تین مندروں کی ڈیوڑھیوں میں کھڑے کر دیے ہیں۔

میں ان دیوتاؤں کے سلسلے میں بالکل غیر جانب دار رہنا چاہتا ہوں۔ مگر جب ان کا آپس میں یدھ ہوتا ہے تو میں مر جاتا ہوں۔ جب میں مرتا ہوں تو ان کے مندر کھنڈت ہو جاتے ہیں پھر وہ میرے پاس بدھ بن کر آتے ہیں اور مجھے نیا مندر بنانے کے لیے کہتے ہیں۔

جب مندر بن جاتا ہے اور اس کے ستونوں پر میں اپنی محبوبہ کے ننگے انگ ابھارتا ہوں تو وہ بہت خوش ہوتے ہیں۔ اور پھر قہقہے لگاتے ہوئے ان مندروں پر یلغار کرتے ہیں۔ اور مجھے عیسیٰ بنا کر میری صلیب کے نیچے بدھ کی ٹوٹی ہوئی مورتی رکھ کر بھاگ جاتے ہیں۔

میں نے اپنا مندر کھنڈت کر لیا ہے اور میری ٹوٹی ہوئی مورتی بدھ کی ٹوٹی ہوئی مورتی کے ساتھ کارنس پر سجی ہوئی ہے۔۔۔ کالا گول ماضی چپٹے کالے سمندر میں دھیرے دھیرے ڈوبا جا رہا ہے۔۔۔ پہلے پانی اس کے ٹخنوں تک آتا ہے پھر گھٹنوں تک، پھر کمر تک، پھر سینے تک، پھر اس کا سر بھی ڈوب جاتا ہے۔ اور وہ اپنا ہاتھ اوپر فضا میں بلند کر دیتا ہے اور اب صرف انگلیاں ہلتی ہوئی دکھائی دے رہی ہیں، اور دور دور تک کالا سمندر قہقہہ زن ہے۔

کالے سمندر سے نیلے سمندر تک پائپ لائن لے جانے کا منصوبہ بنا کر میں اپنے مکان کی چھت پر آگیا ہوں۔۔۔ پیاس کی وجہ سے میری انتڑیاں سکڑی جا رہی ہیں، اور

میرے پاس پینے کے لیے ایک بوند بھی پانی نہیں ہے۔۔۔ میرا خیال ہے جب پائپ لائن نیلے سمندر کی طرف بڑھ رہی ہوگی تو میں اسے چھید کر اپنے لیے ایک گلاس پانی نکال لوں گا، اور پھر اس میں اناس کا رس ٹپکاؤں گا۔۔۔ یا اور کچھ بھی۔۔۔ اور جب پینے لگوں گا تو میرا بچہ ہمک کر وہ گلاس میرے ہاتھ سے چھین لے گا۔

"میرا بچہ!"

"جی ہاں۔۔۔!" میں نے ہی اپنی بیوی کی کوکھ سے جنم لیا ہے۔ گلاس پھر میرے ہاتھ میں آ گیا ہے۔ میں اسے پینے کے لیے پیدا ہوا ہوں۔

سارا سامان اکٹھا ہو گیا۔ گلاس کارنس پر پڑا رنگ بدلنے کا منتظر ہے۔ سارا سامان لدے گا۔ یہ بندوقیں بھی اور یہ کانٹے دار پودا بھی۔۔۔ لیکن ٹھہرو۔۔۔ یہ ٹائم پیس اتار لو۔ اسے کشتی میں نوح سے پوچھ کر رکھیں گے۔

سب کچھ تیار ہے بس اب نوح کا انتظار ہو رہا ہے۔ ان کے آتے ہی کشتی روانہ ہو جائے گی۔ پھر ان سے یہ تو پوچھ ہی لینا چاہیے کہ اب وہ پھر کب آئیں گے۔

سب طے ہو گیا ہے۔ اب صرف نوح سے پوچھنا باقی ہے، اور پگھلتی ہوئی کساٹا آئیس کریم رکھنا رہ گیا ہے۔ پھر کشتی چل پڑے گی اور کالا سمندر پہاڑی راستے سے ہوتا ہوا اپنے گاؤں چلا جائے گا۔

***

تلقارمس

ستمبر کے مہینے میں آنسو گیس کا استعمال ٹھیک نہیں، ان دنوں کسان شہر سے راشن کارڈ کا بیج لینے آیا ہوتا ہے وہ بڑے مہمان نواز قسم کے لوگ تھے۔ انھوں نے انڈوں کی جگہ اپنے بچوں کے سر ابال کر اور روٹیوں کی جگہ عورتوں کے پستان کاٹ کر پیش کر دیے۔ مگر آخری وقت جب میں نزع کے عالم میں تھا وہ میرا راشن کارڈ چرانے کی سوچ رہے تھے۔ انھوں نے اپنے خوانچے اونچی اونچی دیواروں پر لگا رکھے تھے اور نیچے وادی میں جھونپڑیاں جل رہی تھیں۔ جھونپڑیاں جلنے تک گاڑی پلیٹ فارم پر آجاتی اور سب لوگ آگے بڑھ کر اپنی اپنی لاش پہچان لیتے پھر وہ گرم کباب کی ہانک لگاتے کوئی نہ پوچھتا کس عزیز کے گوشت کے کباب ہیں آج کتنے بڈھے جمع ہوئے درخت نے کتنی بار جھک کر سلام کیا توری کی بیل پر کل کتنے پھول لگے اور مدھومالتی اداس کیوں ہے ہر پودے کو پانی دو، مگر قسم کسی کی نہ کھاؤ ہم سب ایک دوسرے کے فربہ ہونے کے غم میں گھلے جارہے ہیں۔ تہمد باندھے کا ہنر سیکھنے کی کسی کو فکر ہی نہیں۔ ننگا آدمی خدا کو کیا منھ دکھائے گا ننگی نہائے گی کیا اور نچوڑے گی کیا مگر جب ننگی نے دامن نچوڑ دیا تو فرشتے وضو کرنے لگیں گے ایک بوند پانی کے لیے کتنے قطرے خون درکار ہے ہر چیز کا حساب ہونا چاہیے اور اس کا بھی کہ کل کتنا خون سفید ہوا ابلتے ہوئے خون کی دیگچی انگیٹھی پر سے اتار لو، باقی کام وہ خود آکر کرے گا نہیں اس میں ملائے گا کچھ نہیں بس آنکھیں بند کر کے کچھ پڑھے گا اور

پھر اسے فرش پر پھیلا دے گا جہاں جہاں تک خون بہتا چلا جائے گا وہاں وہاں تک فرش اپنا ہو گا ہماری فوجوں سے اس کا کیا مقابلہ وہ کمینگی کی حد تک نیا آدمی ہے اس کے کندھے پر ہمیشہ خالی بوری پڑی رہتی ہے اور بائیں ہاتھ میں اپنے جوتے تھامے رہتا ہے پاؤں کے نیچے زمین تک نہیں ہوتی پھر کہتا ہے میں اکتا گیا ہوں اس کے جسم کے اپنے کچھ مسائل ہیں وہ ہمیشہ اسٹیج پر بڑا سا ٹوپا پہن کر آتا ہے اور سامعین کی طرف پیٹھ کر کے کھڑا ہو جاتا ہے اس طرح وہ بڑا اداس لگتا ہے پڑوسی کے فیتے سے اپنا قد ماپتا ہے پھر روئے گا بیٹھا ہوا میرے لیے آخر شراب درکار ہی کتنی ہے خدا کے وجود جتنی شراب چوری کے گلاس میں ڈالو ساتوں فرشتوں کو بلا کر پاس بٹھالو اور پھر بلند آواز سے کہو مفت کی ہے حرام کی ہے تم قاضی ہو اور تم پر حلال ہے بس ہو گیا کام میرا بھوت تمہارے بس میں ہے معلوم ہے نہر پار کرنے میں کتنے دن لگتے ہیں جہاں جنگ ختم ہوتی نظر آئے وہیں ہتھیار صاف کرنے لگ جاؤ۔ اس سے بڑا رعب پڑتا ہے عورت امید سے رہتی ہے جس رات گھڑا پھوٹا اسی رات بارش ہوئی اگر اس رات بارش نہ ہوتی تو چاروں لڑکیوں کی شادی ہو جاتی کل والی چودہ کی چودہ باتیں پھر سناؤ ایک لفظ زیادہ ہو نہ ایک لفظ کم یا پھر لکھ کر اپنے پاس رکھ لو جب پکاریں تو کاغذ کی کشتیاں ان کی طرف بڑھا دو کسی سے ڈرنے کی ضرورت نہیں سبھی ہم جیسے نامرد ہیں مجھے تو طوائفیں روز کا روز ان کا احوال بتادیتی ہیں اچھی ہیں بے چاری بچوں کی طرف اپنا فرص پورا کرتی ہیں میں نے تو کسی کے ہاتھ ہتھ کڑی نہیں بھیجی تھی مجھے کیا غرض پڑی ہے کہ ان کے پھٹے میں پاؤں پھنساؤں اپنے جہازوں سے تو سامان اترتا نہیں کہ کسی کا سمندر خشک کرتا پھروں وہ پہاڑ کے دوسری طرف رہتے ہیں اور وہ نہر کے دوسرے کنارے پر دونوں میں دوستی ہے دونوں ایک دوسرے کی عورت پر بری نظر رکھتے ہیں کاش مجھے میری موروثی تلوار مل جاتی تو میں ان کے دودھ کی دھار

کاٹ ڈالتا شکستہ دیوار پر اب عکس نہیں پڑتا شاید سورج نے رخ پھیر لیا ہے یہ بتانے کی کیا ضرورت تھی کہ قلعہ میں تلوار نام کی کوئی چیز بھی قدیمی شکستہ دیوار پر نہیں ٹنگی ہوئی تھی سورج کی روشنی کسی غیر مرئی چیز پر پڑتی تھی اور دیوار پر اس طرح عکس پڑتا تھا گویا تلوار ٹنگی ہو ہم سب اسے موروثی تلوار سمجھتے رہے خیال تھا جنگ میں کام آئے گی مگر تلوار کی تلاش میں ساری دیوار تڑوادینا پڑی نتیجہ یہ ہوا کہ خفیہ شادی کرنا پڑی عاشق کو بھائی جان کہا اور تمام وہ رسوم ادا کیں جو بھائیوں سے کی جاتی ہیں تاکہ خاوند کو شک نہ ہو اپنے پاپ سے اس کا ہاتھ دکھوایا کہ کل کتنے برس جیے گا وہ جتنے سال بھی جیا گدھے کی طرح سائبان کے نیچے کھڑا رہا تاکہ محبت مشتہر نہ ہو چقندر کی سرخی سے بھی کام لو ایک عنصر کو دوسرے سے علیحدہ کرکے دیکھو سب ٹھیک ہو جائے گا گھبرانے کی ضرورت نہیں ہر بن باس کی ایک مدت مقرر ہے کچھ صدیاں اور سہے جی ہاں اب اس کی پیدائش میں التوا کی گھڑیاں ختم ہو چکی ہیں اب تو عورتیں دو دو بچے جننے لگی ہیں کسی دن خبر پاؤگے کے دوسرا بچہ وہی ہے اور اسے تمہاری بیوی کوکھ میں چھپا کر گھر لے آئے گی کبھی تمہاری بیوی بھی خوب صورت تھی دوسرے کی عورت تو جاذب ہوتی ہی ہے اس کے اندر بھی جھانک کر دیکھو بچاری پیہم اسقاط کی وجہ سے نڈھال ہوئی جارہی ہے اسے آم چوسنے کے لیے دو یا پھر ترپھلے کا معجون بڑی گڑبڑ کر دیتے ہو یار کسی کو دکان پر آنے تو دو بس پہلے سودے میں ہی پو بارہ ہو جائیں گے جن کے پاس پیسہ ہے ان کے پاس یہ سارا سامان نہیں جو میری دکان میں رکھا ہے کرنسی نوٹ تو کرٹن بل (Curtain Bell) کی طرح ٹن ٹنا نہیں سکتے ایک کلو گندم کے بدلے ایک کلو خیال تول دو آگے زمانہ بڑا سستا آرہا ہے کچھ تو بچوں کے لیے رہ جائے وہ بھی کیا یاد کریں گے کہ کسی رئیس باپ سے پالا پڑا تھا اب لگے سمندر سے ڈرنے پہاڑ پر چڑھ کر سورج تک نہیں پہنچ سکتے ہر دروازے پر ایک پاکھنڈی سادھو رین کوٹ

(Rain Coat) پہنے کھڑا رہتا ہے پدیاترا کب شروع کر رہے ہو اس عیسائی لڑکی کو ضرور ساتھ لے جانا جس کی شادی کے لیے اخبار میں اشتہار چھپا تھا جب تم چلے جاؤ گے تو پھر اخبار میں ایک اور اشتہار چھپے گا بکاؤ ہیں دو یتیم بچے اور ایک بیوہ عورت وہ دہلیز چیر (Wheels Cart) پر بیٹھا ہمیں گھورتا رہتا ہے اس کا ذکر میں نے کسی کتاب میں پڑھا تھا آہستہ آہستہ گھسٹتا ہوا وہ صبح سویرے موبنہ اندھیرے باہر نکل جاتا ہے پھر جب پکی سڑک پر گھوڑوں کی ٹاپوں کی آواز سنائی دیتی ہے اور سورج آہستہ سے اپنی روزن سے جھانکتا ہے وہ آجاتا ہے یہ دیکھ کر ہمیں بڑی حیرت ہوتی ہے کہ وہ بالکل ٹھیک ٹھاک اور مطمئن ہے اسے ہمارے بارے میں کسی قسم کا شبہ تک نہیں ہمارے پاس بیچنے کے لیے بہت کچھ ہوگا خریدار شہر کے دروازے سے داخل ہوگا تو ہم اسے پھولوں کے ہار پہنائیں گے وہ ہمارے جسم کو چھو کر دیکھے گا پھر ناخنوں سے کرید کر ہمارا خون نکالے گا اور اسے انگلیوں کی پوروں پر مل کر اسکا معائنہ کرے گا آنکھوں ہی آنکھوں میں اشارے کرے گا ہونٹوں ہی ہونٹوں میں مسکرائے گا اور ہمارے ماں باپ زور سے دہاڑ ماریں گے اور ساری دنیا میں پتہ چل جائے گا کہ ہو گیا سودا تم باہر سے آرہے ہو دروازہ آہستہ سے بھڑا دو اور آکر میرے کان میں بتاؤ کہ باہر کون سی ہوا چل رہی ہے پوروا یا پچھوا یہ ماننے میں تمھیں کیا حرج ہے کہ تم ایک اگنورینٹ پرسن ہو واش بیسن میں سبھی اپنے گندے ہاتھ دھوتے ہیں اور تولیوں سے منہ صاف کرتے ہوئے چلے جاتے ہیں یہ کیا ہماری کم مہربانی ہے کہ تمھیں جینے کا حق دے دیا ہے سچ کہو اپنے اسپتال میں تم جی سکتے ہو جو شہر تم چھوڑ کر آئے ہو اس کی دیواروں پر ابھی تک تمہارے پیشاب سے بنی تصویریں رو رہی ہیں شاید وہ تمہاری تقدیر پر رو رہی ہیں کل وہ ہنسیں گی ضرور اور تمھیں شرمندگی ہوگی دوست کی بہن سے شادی کیوں نہیں کر لیتے یہ تو تمہارا خاندانی پیشہ ہے اب اپنی بہن سے

اس بھنگی کی شادی کروادو جس کے ساتھ یہ وعدہ کر رکھا ہے یہ تو خیر سب کو بتادو کہ وہ ایٹم بم کی ایجاد کے وقت کیا کہہ رہا تھا مگر اس بات کا خیال رکھنا کہ یہ کسی کو نہ پتہ چلے کہ تم کیا کہتے ہو کیوں کہ تم نے اس کی بات مان لی ہے کہ اب جسمانی طور پر تمہارا کوئی وجود نہیں ہے۔

***

جمعورہ الفریم

اس لڑکی میں تین شخصیتیں غلط ملط ہو گئی تھیں۔۔۔ ایک میری اس رشتہ کی بہن کی جو رات گئے تک میرے ساتھ بیٹھی شطرنج کھیلا کرتی، حتی کہ اس کے سب گھر والے سو جاتے اور ان کے خراٹوں کی آواز سے طول و عرض گونج اٹھتا، تب وہ بڑی خمار آلود نظروں سے میرے طرف دیکھتی اور پھر انگڑائی توڑ کر اپنی دائیں بانھ ایک جھٹکے سے میری طرف بڑھاتی اور اپنے ہاتھ کی پہلی دو انگلیاں کھول دیتی۔ میں اپنے حقّے کی نے ان میں اٹکا دیتا۔ اس کے ہونٹوں پر بڑی پر اسرار، پیاسی مسکراہٹ پھیل جاتی اور وہ نے کو اپنے ہونٹوں تک لے جاتی ہلکے ہلکے دو تین کش لگاتی اور پھر ناگن کی طرح سسکاریاں بھرتے ہوئے دھواں چھوڑتی ہوئی کہتی، "مزہ آتا ہے، اُف! بڑا مزہ آتا ہے!"

دوسری میری محبوبہ تھی جو مجھ سے ہمیشہ روحانی محبت کی طلب گار رہتی۔ اور اس بات پر اصرار کرتی کہ میں یونان کے اس شاعر کی طرح اس سے محبت کروں جو اپنی محبوبہ کے قریب پہنچ کر اپنا جسم تیاگ دیا کرتا تھا۔

تیسری وہ خود تھی۔ اس بات کو تین صدیاں بیت چکی ہیں اور جمعورہ الفریم ویسے کا ویسا ہی ہے۔۔۔

جمعورہ الفریم اگر کمرہ تھا تو یقین جانیے بڑا ہی اداس اور ویران کمرہ تھا۔

سامنے والی دیوار پر دو کھڑکیاں تھیں جو دوسری طرف دور دور تک پھیلے ہوئے

جنگل میں کھلتی تھیں۔ دونوں کھڑکیوں کے درمیان ایک کپ بورڈ تھا۔ جس کے ایک پٹ کے ساتھ پرانی وضع کا ایک تالا لگا ہوا تھا اور پٹ بند تھا۔ دوسرا پٹ ٹوٹ کر نیچے لٹک رہا تھا۔ کپ بورڈ میں رکھی ہوئی تمام چیزیں نظر آرہی تھیں اور تمام چیزوں پر بے انتہا گرد پڑی ہوئی تھی اور کونوں میں جا بجا جالے لٹک رہے تھے۔ وہ چیزیں مٹی اور دھات کے کچھ برتن تھے جن پر عجیب و غریب نقش کندہ تھے اور بالکل درمیان میں بیل کا ایک کٹا ہوا سر رکھا تھا جس کی کھلی ہوئی آنکھیں بڑی ہیبت ناک لگ رہی تھیں۔ کپ بورڈ اور کھڑکیوں کے آگے ایک بڑی سی مسہری پڑی تھی جس کے بچھونے کے کپڑوں میں لا انتہا دھول تھیں اور بے شمار سلوٹیں۔

دائیں دیوار کے ساتھ ایک پرانا شکستہ میز پڑا تھا جس کے پائے اچھے خاصے ستونوں جیسے تھے جن پر طرح طرح کے نقش کھدے ہوئے تھے اور مردوں اور عورتوں کی شبیہیں بنی ہوئی تھیں۔ میز کے اوپر موٹی موٹی، ہاتھ سے لکھی ہوئی کتابیں بکھری پڑی تھیں۔

کہتے ہیں تین صدی پہلے کچھ لوگ یہاں آئے تھے اور وہ جمعوزہ الفریم میں داخل ہوئے۔ انھوں نے یہاں کھانا پکایا اور مسہری پر کچھ کھیتی باڑی کی۔ کسی نے انھیں باہر جاتے نہیں دیکھا مگر اب وہ اندر بھی نہیں ہیں۔ دلیل یہ ہے کہ وہ اپنے جسموں سے ننگے تھے۔ ان کی چمڑی سوکھ کر چیخ گئی اور ہڈیاں دھول بن کر اڑ گئیں۔

کھڑکیوں کے باہر دور دور تک پھیلے ہوئے جنگل کے کنارے ایک فوارہ تھا جو اب بالکل سوکھ چکا ہے جس میں سے اب پگھلی ہوئی چاندی جیسا پانی نہیں اچھلتا اور قطرے موتیوں کی طرح نہیں بکھرتے۔

فوارے کے پاس ہی ٹنڈ منڈ زمین پر ایک خارش زدہ کتیا بیٹھی اپنے کان کھجاتی رہتی

ہے اور کبھی کبھار کھڑکیوں کی طرف دیکھ کر بڑی دل دوز آواز میں بھونک دیتی ہے۔

جمعورہ الفریم اداس اور ویران ہے۔ اس کے فرش پر ایک لاش رکھی ہے جس کا انگ انگ کسا ہوا ہے اور خون کے دھبوں سے سارا فرش سیاہی مائل ہو گیا ہے۔

مردہ جسم کے کئی حصے غائب ہیں۔ پرانی کتابیں جو میز پر رکھی ہیں ان میں سے ایک کتاب (جسے ابھی دیمک نے اچھی طرح چٹ نہیں کیا ہے) میں لکھا ہے کہ کھڑکی کے نیچے فوارے کے پاس بیٹھی خارش زدہ کتیا نے میرے جسم کے کئی حصے بھنبھوڑ کر کھا لیئے ہیں۔ اور ابھی اور حصے ملنے کی امید میں بیٹھی اپنے کان کھجا رہی ہے۔

میں اس لڑکی کی تلاش میں جو تین صدیاں پہلے مجھ سے بچھڑ گئی تھیں یہاں تک نکل آیا ہوں۔ دروازہ شاید میرے ہی انتظار میں کھلا ہوا تھا۔

کمرے میں داخل ہوتے ہی عجیب ناگوار سی بدبو نتھنوں میں گھسی تھی۔ میں لپک کر باہر پلٹا کاریڈور میں سے ہو کر کہیں اور جانا چاہا۔ کافی مسافت طے کی۔ کئی غلام گردشیں گلیاں اور گلیاں عبور کیے اور بڑی مشکل سے کسی کمرے کا دروازہ دکھائی دیا۔ میں جھٹ سے اندر گھس گیا مگر میری حیرانی کی انتہا نہ رہی کہ یہ وہی کمرہ تھا جس کے تعفن سے گھبرا کر میں باہر بھاگا تھا۔

تیز بدبو نے میرے دماغ کو اپنے پنجوں میں جکڑ لیا۔ میں پھر باہر کو بھاگا۔ پھر گلیاروں میں بھٹکتا رہا۔ حتی کہ بھاگ بھاگ کر میرا دم پھول گیا۔ میری پنڈلیوں کی نسیں ابھر آئیں اور میں ہانپتا ہوا آخر ایک کمرے میں داخل ہوا۔ اور یہ پھر وہی کمرہ تھا۔

میں نے یہ عمل سات بار دوہرایا اور ساتوں بار میں اس کمرے کی قید سے رہائی پانے میں ناکام رہا۔ آخر مجھے ماننا پڑا کہ یہ واقعی جمعورہ الفریم ہے۔

اب اسکے سوا کوئی چارہ نہ تھا کہ میں کھڑکی کے پاس جا کر کھڑا ہو جاؤں تاکہ تازہ ہوا

اس تعفن بھری بو سے مجھے محفوظ رکھے۔

نیچے ایک کنول کے پھول سے مشابہ فوارہ تھا جو کافی عرصے سے سوکھا پڑا تھا۔ اور گرد سوکھی اور جلی ہوئی جھاڑیاں تھیں۔ ٹنڈ منڈ درخت تھے۔ اجڑی اجڑی سی زمین تھی اور مٹی مٹی سی روشیں تھیں۔ جن سے یہ اندازہ ہوتا تھا کہ یہ کبھی چمن رہا ہوگا۔ فوراہ سے پگھلی ہوئی چاندی جیسا پانی اچھل کر موتیوں کی طرح بکھر جاتا ہوگا اور جلی ہوئی جھاڑیوں پر رنگا رنگ پھلو مسکراتے ہوں گے اور درختوں کے پتوں پر سے خوش رنگ چڑیاں اڑ کر فوارے کے پانی میں اپنی چونچیں ڈبو کر پھر درختوں کے پتوں میں گم ہو جاتی ہوں گی۔

"یہ ماضی ہے۔"

"یہ ماضی ہے۔"

"یہ ماضی ہے۔"

ایک طرف سے آواز آئی۔ میں نے گردن بڑھا کر اسطرف دیکھا تو پتہ چلا کہ یہ کوئی ان سنی آواز نہ تھی بلکہ کوئی بے چہرہ آدمی پرانی کھڑ کھڑا سائیکل چلاتا ہوا ادھر آرہا تھا۔ اور یہ آواز اس سائیکل کے ڈھیلے پہیوں اور غیر متحرک پرزوں کی رگڑ سے پیدا ہو رہی تھی۔ بے چہرہ آدمی جب کھڑکی کے بالکل نیچے، میرے بالکل سامنے اور خارش زدہ کتیا کے بالکل قریب آیا تو اس کے سائیکل کی چین اتر گئی۔

کتیا نے ایک بار گردن گھما کر اس کی طرف دیکھا اور پھر بے اعتنائی سے منہ پھیر لیا۔ اور اپنے اگلے دائیں پنجے سے کان کھجانا شروع کر دیا۔

مجھے وہاں کھڑے کھڑے رات ہو گئی۔ سارا جنگل اندھیرے میں ڈوب گیا۔ سائیکل والا بے چہرہ آدمی واپس جنگل میں گھس گیا۔ اور اس کے سائیکل کی کھڑ کھڑاہٹ دور تک سنائی دیتی رہی۔ فوارے پر ایک چیل آکر بیٹھ گئی اور پھر گردن سکوڑ کر اونگھنے لگی۔ کتیا

نے سر ہلا کر کان پھڑ پھڑائے اور پھر فوارے کے ارد گرد ٹہلنے لگی۔

دور جنگل سے عجیب عجیب طرح کی آوازیں آنے لگیں۔ کبھی کسی جانور کے رونے کی آواز، کبھی کسی عورت کے بینوں کی آواز کبھی کسی بادشاہ کے لشکر گزرنے کا شور۔ کھڑے کھڑے یہ سب سننا پڑا۔

کمرے میں اب میں اکیلا نہیں تھا۔ فرش پر پڑی ہوئی ٹکڑے ٹکڑے لاش اٹھ کر کرسی پر بیٹھ چکی تھی اور اپنے کھوئے ہوئے ٹکڑوں والی جگہ کو غور سے دیکھ رہی تھی۔ یا پھر کبھی اپنے اکلوتے ہاتھ سے زخموں کو سہلانے لگتی۔

وہ لوگ جو کبھی اس کمرے میں وارد ہوئے تھے۔ اپنا دستر خوان بچھا کر کھانا کھانے لگے اور میں الماری میں رکھا ہوا بیل کا کٹا ہوا سر اپنی لمبی سرخ زبان نکال کر ہونٹوں پر پھرانے لگا۔

وہ سب میری موجودگی سے بے خبر تھے اور اپنے اپنے کام میں بری طرح منہمک تھے اور مجھے یہ سب دیکھنا پڑا۔

نیچے خارش زدہ کتیا چھلانگیں لگا لگا کر بھونکنے لگی۔ وہ بار بار کھڑکی کی طرف کودتی۔ کمرے میں پرانے زمانوں کی ایک قندیل روشن ہو چکی تھی۔ اس کی روشنی میں میں نے میز پر پڑی ایک کتاب اٹھا کر کھولی۔ اور بلند آواز میں پڑھنا شروع کیا۔ لکھا تھا۔۔۔

"پربتوں اور اونچے دیودار اور چیڑ کے درخت میں پگھلی ہوئی برف کے جھرنے ہیں۔ ماؤں کی گودیں ہریالی سے بھری ہیں۔ میدانوں میں ان گنت مکان ہیں، ریگستان میں بکھرے ہوئے ذرے سورج کی روشنی میں ستاروں کی طرح چمکتے ہیں۔ ساگر اچھل اچھل کر ساحل پر بچھ جاتا ہے۔ گھونگھے، سیپیاں اور مچھلیاں ایک دوسرے کی بانہوں میں بانہیں ڈال کر ناچ کرتی ہیں۔"

کتیا کا بھونکتے بھونکتے گلا بیٹھ گیا تھا۔ کرسی پر بیٹھی لاش نے کہا۔

"میرا ایک ٹکڑا کتیا کی طرف پھینک دو۔ وہ شانت ہو جائے گی۔ ڈرو نہیں۔ جو بھی یہاں آیا۔ اس نے ایسا ہی کیا۔ اس کے سوا کوئی چارہ نہیں ورنہ یہ بھونک بھونک کر پورا جنگل جگا دے گی!"

میں حیرت سے لاش کے چہرے کو دیکھتا رہا اور کتیا کو بھونکتے ہوئے سنتا رہا۔ کتاب بند کر کے میں نے دوبارہ میز پر رکھ دی اور لاش کی طرف ندیدوں کی طرح دیکھنے لگا۔

گوشت کا ٹکڑا کھاتے ہوئے کتیا بالکل اس میں کھوئی ہوئی تھی۔ اتنے میں سویرا ہو گیا۔ لاش فرش پر چت پڑی تھی۔ اس کے جسم کا جہاں سے نیا ٹکرا نکالا گیا تھا وہ جگہ ابھی سرخ تھی۔ دستر خوان اٹھ چکا تھا اور کتابیں خاموشی سے میز پر دبکی پڑی تھیں۔ نیچے فوارے پر بیٹھی چیل نے اپنے پنکھ پھیلا کر اڑان لی۔ کتیا تازہ ہڈی پر پلی پڑ رہی تھی۔

دروازہ کھلا تھا۔ اس کے باوجود کسی نے اپنی انگلی سے اسے بجایا۔ میں نے بیساختگی سے کہا۔۔۔"آجاؤ!۔۔۔" اور دوسرے ہی لمحے ایک چھوٹا سا بچہ کمرے میں داخل ہوا۔

وہ بڑا عجیب بچہ تھا۔ عمر ہو گی یہی کوئی تین چار برس، مگر چہرے پر اچھی خاصی داڑھی تھی۔ چشمہ لگائے ہوئے تھا اور سر کے بال لمبے اور بے ترتیب تھے۔ بدن پر ایک میلی کچیلی بڑے بڑے پھولوں والے کپڑے کی بشرٹ تھی اور نیچے زین پہنے ہوئے تھا۔ اس کی پیٹھ پر سامان سے بھرا ہوا تھیلا تھا اور ہاتھ میں ایک بانسری تھی۔

"اوہ! تو تم یہاں ہو!" اس نے اندر آتے ہی کہا۔

"کیا تم میری تلاش میں ہو؟" میں نے سوال کیا۔

"ویسے ہی جیسے تم میری ماں کی تلاش میں ہو۔ مجھے پہچانا؟ میں تمہارا بیٹا ہوں۔ تمہیں یاد ہے تین صدی پہلے تم نے میری ماں کے ساتھ جماع کیا اور پھر اسے تلاش

کرنے نکل پڑے۔ میں تمہاری غیر موجودگی میں پیدا ہوا۔ میری ماں نے کہا۔ تمہارا باپ مجھے تلاش کرنے نکل گیا ہے۔ تم اسے تلاش کر کے لاؤ۔ رات میں نے دیکھا نیچے فوارے کے پاس ایک کتیا گوشت کا تازہ ٹکڑا کھا رہی ہے۔ میں نے سوچا تم ضرور یہاں ہوگے!" وہ بولے چلا جا رہا تھا اور میں حیرانی سے اس ننھے سے بچے کی باتیں سن رہا تھا۔

پھر اس نے فرش پر پڑی لاش کی طرف دیکھا اور چیخ اٹھا۔

"اُف، یہ حالت کر دی ہے تم نے۔ کیا تم مجھے یہ کٹی پھٹی لاش ورثے میں دوگے؟"

"ورثہ؟" میں نے چاروں طرف حیرانی سے دیکھ کر پوچھا۔

"ہاں یہ جمعنورہ الفریم!" اس نے کہا۔

"میں نے؟" مگر میں نے تو صرف ایک ٹکڑا اٹھا کر نیچے پھینکا تھا اور وہ بھی اس کے اپنے اصرار پر۔ "میں سارے کے لیے ذمہ دار نہیں ہو سکتا۔ دکھو ان کتابوں میں کیا لکھا ہے،" میں نے روہانسی آواز میں کہا۔

وہ آہستہ آہستہ میرے قریب آگیا۔ اور غور سے میرے چہرے پر دیکھنے لگا۔ پھر اچانک جنگل کی طرف سے آواز آئی۔

"یہ ماضی ہے!"

"یہ ماضی ہے!"

جنگل کی طرف سے بے چہرہ آدمی اپنی سائیکل کھڑکھڑاتا ہوا ادھر آ رہا تھا۔ میں نے گردن کھڑکی سے باہر نکال کر اسے دیکھا میرا بیٹا دوسری کھڑکی پر اچک کر چڑھ گیا اور نیچے سوکھے ہوئے فوارے کو، کان کھجاتی ہوئی خارش زدہ کتیا کو اور اپنے سائیکل کی چین چڑھاتے ہوئے بے چہرہ آدمی کو دیکھنے لگا۔

پھر میں نے دیکھا میرا بیٹا کمرے میں پلٹ کر سب چیزوں کو چھوڑ کر دیکھنے لگا۔ اور

پھر فرش پر پڑی لاش کے قریب جا کر بیٹھ گیا۔ وہ بے انتہا اداس ہو گیا تھا۔

خارش زدہ کتیا نے بے تحاشہ بھونکنا شروع کر دیا۔ بے چہرہ آدمی اپنا سائیکل وہیں چھوڑ کر جنگل کی طرف بھاگا۔ سارے میں رات اُتر آئی اور جنگل سے جب جانوروں کے رونے اور عورتوں کے بین کرنے کی آوازیں آنے لگیں تو میرے بیٹے نے اپنی بانسری کے بڑے سراخ پر اپنے ہونٹ جما دیے اور پھر لاش کے سرہانے بیٹھ کر مالکونس بجانا شروع کیا۔

ایسے میں میری آنکھیں ڈبڈبا آئیں اور میں یہ نہ دیکھ سکا کہ مجھ سے پہلے آنے والے لوگوں نے اس رات دستر خوان بچھایا یا نہیں!

***

بازگوئی

صدیوں پرانے اس تاریخی شہر کے عین وسط میں عالمگیر شہرت کے چوراہے پر، بائیں طرف مضبوط اور کھردرے پتھروں کی وہ مستطیل عمارت زمانے سے کھڑی تھی جسے ایک دنیا عجائب گھر کے نام سے جانتی تھی۔۔۔ عجائب گھر کے بڑے ہال میں لمبے لمبے شوکیس پڑے تھے جن کے اندر ہزاروں برس پرانی تحریروں کے مسودے رکھے تھے۔

میں ان نسخوں کو دیکھتا ہوا دھیرے دھیرے آگے بڑھ رہا تھا اور میری حیرانی بھی بتدریج بڑھ رہی تھی۔ عجیب وغریب رسم الخط تھے کہ۔۔۔ آج ہمارے قلم سے جو تحریر نکلتی ہے، وہ اس انسان کی تحریر سے کتنی مختلف ہے جو ہم سے ان گنت زمانے ادھر کھڑا ہے۔ یہ ساری تبدیلیاں کتنے انقلابوں کی تیز دھار پر سے چل کر رونما ہوئی ہوں گی؟

(جب میرے ذہن میں لفظ 'انقلاب' آیا تو میں ذرا سہم سا گیا۔۔۔ میں نے اپنی طرف سے بڑی ہوشیاری برتی اور نظریں چرا کر ادھر ادھر دیکھا۔ کسی نے میرے خیال کو بھانپ تو نہیں لیا؟ لیکن میرے قریب اس وقت سوائے عجائب گھر کے اس افسر کے اور کوئی نہ تھا جو مجھے مسودے دکھا رہا تھا اور اسے شاید کسی زندہ چیز، زندہ خیال یا زندہ تحریر سے کوئی دلچسپی نہیں تھی۔۔۔ ہاں، اگر آج ہم مرجائیں یا انقلاب کا تصور ان پرانے مسودوں کی طرح زرد اور بھربھرا ہو جائے تو وہ ہماری ممیوں کو اس عجائب گھر کے کسی شوکیس میں سجا کر رکھ دے گا۔)

ہم دونوں نے اچانک رک کر ایک دوسرے کی طرف دیکھا اور پھر بنا کچھ کہے سنے آگے بڑھنے لگے۔۔۔ اس بڑے ہال سے باہر نکلنے والے دروازے کے قریب ایک مربع شکل اور نسبتاً مختصر شوکیس رکھا تھا جس میں صرف ایک مسودہ پڑا تھا۔

افسر نے کہا، "جناب والا! ایک مسودہ یہ بھی ہے۔ کس زبان میں لکھا گیا ہے، آج تک معلوم نہیں ہو سکا۔ کئی ماہرِ لسانیات اپنا سر کھپا چکے ہیں اور صرف کچھ لفظ پہچاننے میں کامیاب ہو سکے ہیں جیسے سوداگر، بچہ، دوشیزہ، شہر پناہ، رقص، نان، بازار۔۔۔ اور صرف یہی اندازہ لگا سکے ہیں کہ یہ کوئی بہت پرانی داستان ہے۔۔۔" میں اس کی بات غور سے سن رہا تھا اور میری نظریں مسودے پر جمی ہوئی تھیں۔

مجھے وہ تحریر کچھ جانی پہچانی لگی۔۔۔ پھر اس تحریر کے کچھ لفظ تصویروں کی طرح میرے ذہن میں ابھر آئے۔۔۔ پھر جیسے صحرا میں کوئی تیز بگولہ اٹھا۔۔۔ اور ساری بات آناً فاناً میرے ذہن میں ایک کلی کی طرح چٹک گئی، وہ میری ہی تحریر تھی۔

"یہ تو میری ہی تحریر ہے۔۔۔" میں غیر ارادی طور پر چیخ اٹھا۔

افسر نے میرے تمتمائے ہوئے چہرے کی طرف دیکھا اور مسکرانے لگا، "میں آپ کے جذبات کی قدر کرتا ہوں۔ اپنے ورثے کو ہمیں اسی طرح اپنانا چاہیے۔"

میں قدرے سنبھلا اور مجھے خیال آیا کہ اس تحریر کے بارے میں میرا بیان کئی قسم کی الجھنیں پیدا کر سکتا ہے۔ میں نے بات کا رخ بدلا، "بات یہ ہے جناب۔۔۔ میں تھوڑی سی کوشش سے یہ تحریر پڑھ سکتا ہوں۔۔۔ میں اس زبان سے واقف ہوں۔"

"تعجب ہے۔۔۔" اس نے حیرانی سے میری طرف دیکھا، "آپ تو لسانیات کے ماہر نہیں ہیں۔"

"جی ہاں! میں لسانیات کا ماہر نہیں ہوں لیکن کچھ زبانیں میں جانتا ہوں جو میں نے

کسی سے سیکھی یا پڑھی نہیں ہیں۔۔۔ مثلاً میں آپ کو یہ تحریر پڑھ کر سنا سکتا ہوں،" میں نے شوکیس میں رکھے ہوئے مسودے کے پہلے صفحے کی ابتدائی سطریں پڑھنا شروع کر دیں۔

"ابی نی او۔۔۔

نعمالِ فل اجانیر، شہر گرا نیل ساحل۔۔۔

افتادرا غیاب آملو۔۔۔"

عجائب گھر کا افسر تو گویا چکرا کر گرنے ہی والا تھا کہ میں نے اسے تھام لیا۔ اس نے اپنی پتلون کی جیب میں سے میلا سا رومال نکالا اور اپنی پیشانی کا پسینہ پونچھنے لگا۔ پھر چند لمحوں کے بعد وہ بولا، "آپ۔۔۔ آپ نے مجھے زندگی کا سب سے بڑا جھٹکا دیا ہے جناب والا! یہ ہزاروں سال پرانی تحریر آپ پانی کی روانی کی طرح پڑھ سکتے ہیں۔۔۔ کیا آپ اس کا مطلب بیان فرمائیں گے؟"

"ہاں کیوں نہیں؟" میں نے جواب دیا اور پھر میں نے ان تین سطروں کا مطلب بتایا جو ابھی میں نے پڑھی تھیں۔

"یہ ان دنوں کی داستان ہے جب دریائے نیل کے ساحل پر ایک شہر آباد تھا۔ اس شہر کا نام اُجانیر تھا۔۔۔ اس شہر کے کھنڈروں میں آج میں اپنا غیاب بجاتا ہوا گھوم رہا ہوں اور پرانی داستان کھنڈروں کے پتھروں پر کھدی ہوئی ہے۔۔۔"

عجائب گھر کے افسر کے گلے میں سے گھٹی گھٹی سی چیخیں نکلنے لگیں۔۔۔ اپنے استعجاب پر بمشکل قابو پانے کے بعد اس نے پوچھا، "یہ غیاب کیا بلا ہے؟"

"یہ اس زمانے کا ایک ساز تھا جس کی ترقی یافتہ شکل میں آج سارنگی موجود ہے،" میں نے جواب دیا۔

افسر لپکتا بھاگتا باہر نکل گیا۔۔۔ اور جب تھوڑی دیر بعد لوٹا، اس کے ساتھ عجائب گھر کے عملہ کے کافی سارے لوگ تھے۔ سب نے مجھے گھیر لیا۔۔۔ آخر طے یہ ہوا کہ میں وہ مسودہ سرکاری طور پر گھر لے جاؤں اور اس زبان اور داستان کا عقدہ حل کروں۔ لہٰذا میں وہ نسخہ اپنے گھر لے آیا۔

جب گھر پہنچا تو میں اداس اور پریشان تھا۔۔۔ ہزاروں سال پہلے کی اپنی زندگی کا ایک ایک واقعہ میرے دھیان میں آگیا تھا۔

زخم کے ہرا ہونے کا عمل اگر اندر سے دھیرے دھیرے زخم کے کھل جانے کو کہتے ہیں تو شاید آدمی آہستہ آہستہ سرایت کرتے ہوئے اس درد کا عادی ہو جاتا ہے۔ اور اگر اچانک زخم پر چوٹ لگے اور درد قابلِ برداشت نہیں ہوتا۔۔۔ میں اندر ہی اندر اس زخم پر لگی چوٹ کی وجہ سے بلبلا رہا تھا۔

آج ۱۹۸۷ء ہے اور ابھی سال بھر پہلے ہی ہم ایک زبردست سیاسی انقلاب میں سے گزرے ہیں۔۔۔ اس ملک کے عوام نے اندرا گاندھی کے طرزِ عمل کے خلاف اپنے غم و غصہ کا بھرپور اظہار کیا اور چند ایک پرانے تجربہ کار سیاست دانوں اور چند ایک نئے خواہش مندوں کے ہاتھ اپنے ملک کی باگ ڈور سونپ دی۔۔۔ ان سب نے ایک ساتھ باپو کی سمادھی پر قسم کھائی کہ وہ ملک کی عظمت برقرار رکھیں گے اور نیک معصوم اور غریب عوام کی ایمانداری، نیک نیتی اور سچائی سے خدمت کریں گے۔

اور اسی دن کی رات نے جب اپنا دامن باپو کی سمادھی پر پھیلایا تو ایک جگنو مالکونی کی جھاڑیوں میں سے جگمگاتا ہوا نکلا۔ سمادھی تک پہنچنے سے پہلے وہ ہزاروں بار چمکا تھا۔ سمادھی پر پہنچ کر وہ بنا بجھے چمکنے لگا حتیٰ کہ اپنے ہی بدن کی گرمی سے جل کر راکھ ہو گیا۔۔۔ اگلی صبح صفائی کرمچاریوں نے باسی پھولوں کے ساتھ ساتھ اس کی راکھ بھی سمیٹی اور جمنا کے پانی

میں بہادی۔

اسی صبح اخباروں میں جو تصویریں اور خبریں چھپی تھیں، ان میں نہ جگنو دکھائی دیا تھا اور نہ ہی اس کی شہادت کی خبر۔

اُجانیر۔۔۔اُجانیر۔۔۔

صحرا میں سے جو کارواں گزر رہے تھے، وہ ایک دوسرے کو دیکھ کر خوشی سے پکار اٹھتے تھے، "اُجانیر، اُجانیر،" کہ یا تو لوگوں کا رخ اجانیر کی طرف ہوتا یا وہ اپنا سامانِ تجارت اجانیر کی منڈی میں اچھے بھاؤ پر بیچ کر شادمانی سے لوٹ رہے ہوتے۔۔۔ صحرا یہاں سے وہاں تک پھیلا ہوا تھا اور رہ رہ کر بگولے اٹھتے۔ سورج صحرا کے ذرے ذرے میں چمکتا تو لاکھوں کروڑوں سورج آنکھوں کے سامنے ناچ اٹھتے۔۔۔ دور سے گزرتے ہوئے کارواں حرکت کرتی ہوئی تصویروں کی طرح محسوس ہوتے۔

انہیں اڑتے ہوئے بگولوں اور حرکت کرتی تصویروں میں سے اس روز ایک کارواں دھیرے دھیرے شہر اجانیر جو ساحلِ نیل پر آباد تھا، کی سمت بڑھ رہا تھا۔ میر کارواں ملکِ ایران کا بہت بڑا سوداگر تھا اور تجارتی مال و اسباب میں خشک میوے، قالین اور جڑی بوٹیاں لے کر چلا تھا۔

اس کا نام فرید ابن سعید تھا اور اس کی نیک نیتی، ایمانداری اور معاملہ فہمی کے چرچے قرب وجواب میں عام تھے۔ فرید ابن سعید جس ملک میں بھی تجارت کے لیے اپنا کارواں لے کر جاتا تھا، وہاں کا حاکم شہر کے دروازے پر اسے خوش آمدید کہتا۔ اسے اپنے ملک میں آزادی سے خرید فروخت کی پوری سہولیت دیتا اور اپنے تاجروں کو اس سے تجارت کا سلیقہ سیکھنے کی تلقین کرتا۔ فرید ابن سعید کا کسی ملک میں وارد ہونا نیک فال سمجھا جاتا اور فرید ابن سعید سے لین دین کرنا خیر وبرکت کی نشانی۔

ابھی اجانیر بہت دور تھا۔ سورج نے صحرا کے ذروں میں جگائے ہوئے چراغ ایک ایک کر کے بجھا دیے تھے۔ نیل کی رگوں میں بہتا ہوا چاندی کا سیال کہیں نظر نہیں آ رہا تھا کہ کارواں کو رات گزارنے کے لیے پڑاؤ ڈالنے کا حکم ہوا۔

خیمے تن گئے۔ اونٹوں کو وزن سے آزاد کر دیا گیا، فرید ابن سعید کا خاص ملازم حقہ تازہ کر کے لے آیا۔ جیسے جیسے رات بڑھتی جا رہی تھی خنکی بڑھتی جا رہی تھی اور تھکے ہوئے مسافر اور جانور طعام کے بعد اونگھنے لگے تھے۔

فرید ابن سعید کے حقے میں سے ابھی تمباکو کا ذائقہ ختم نہیں ہوا تھا اور چلم میں ایک آدھ چنگاری کش لگانے سے ابھی چمک اٹھتی تھی کہ کہیں دور سے غیاب کی آواز سنائی دی۔

فرید ابن سعید کی نیم وا آنکھوں میں جیسے کوندہ سا لپک گیا۔ وہ ان سروں سے واقف تھا جو بہت دور کہیں گونجے تھے۔ کہاں کس نے غیاب بجایا ہوگا؟ زمین پر پھیلے ہوئے صحرا کے کون سے حصے میں؟ اس نے سوچا اور اس کے کان غیاب میں سے آہستہ آہستہ بیدار ہوتے ہوئے نغمے کے لیے بیتاب ہو اٹھے۔

بہت دیر ہو گئی تو سر کچھ واضح ہوئے کہ صحرا میں چلنے والی ہوائیں شاید اپنے پاؤں میں گھنگھرو باندھنے کے لیے تھم گئی تھیں۔ وہ غیر واضح نغمہ ٹوٹ ٹوٹ کر اس تک پہنچ رہا تھا اور وہ اس کی گمشدہ کڑیاں خود بخود جوڑ رہا تھا۔

"خدایا! تو نے مجھے ہاتھ عنایت فرمائے۔

تیرا شکریہ!

ہاتھوں کو تو نے زنجیریں بنانے کا حکم دیا۔

تیرا شکریہ!

زنجیروں کو تو نے میرے بدن کا زیور بنایا
تیرا شکریہ!
لیکن یہ مجھے کون گھسیٹ رہا ہے خدایا؟
یہ کوڑے کیا تیرے حکم سے برسائے جا رہے ہیں؟
تو اپنے زیور واپس لے لے اور مجھے میرے ہاتھ دے دے۔
تیرا شکریہ!"

فرید ابن سعید جانتا تھا کہ یہ غلاموں کا ترانہ ہے جو وہ اپنے آقاؤں سے چھپ کر ویرانوں میں جا کر گایا کرتے ہیں اور پھر ان کے چہرے آنسوؤں سے شرابور ہو جاتے ہیں اور ان پر عجیب کیفیت طاری ہو جاتی ہے اور وہ الاؤ کی آخری لکڑی جلنے تک دیوانہ وار رقص کرتے ہیں کہ فرید ابن سعید کبھی خود غلام تھا اور اس نے یہ نغمہ اپنے غلام باپ کی آغوش میں بیٹھ کر سنا تھا اور پھر اپنی توتلی زبان سے آوازوں کے ساتھ اپنی آواز ملا دی تھی، تیلا تکلیا! تیلا تکلیا! تیلا تکلیا!

اور اسے وہ منظر یاد آیا جب اس نے اپنے ننھے ہاتھ سے اپنے باپ کے چہرے سے آنسو پونچھے تھے۔

"مہاتما گاندھی ہمارے راشٹر پتا تھے، پتاجی؟" میرے بیٹے نے پوچھا جو سامنے زمین پر بیٹھا اپنے اسکول کا ہوم ورک کر رہا تھا۔

"ہوں۔۔۔ ہاں۔۔۔" میں نے چونک کر جواب دیا اور پھر مسودہ کھنگالنے میں لگ گیا۔

"تو پھر ان کو مار کیوں دیا گیا؟" اس نے پھر پوچھا۔

میرے پاس اس بات کا کوئی جواب نہ تھا۔ میں نے بے دھیانی میں کہا، "ان کا

شکریہ!"

فرید ابن سعید بے تاب ہو اٹھا۔ اس نے اپنے خاص ملازم کو پکارا، "یوسف!"

"آق!" کہیں دوسرے خیمے سے یوسف نے ہڑبڑا کر جواب دیا۔ اور پھر تیزی سے لپک کر اپنے مالک کے خیمے میں گھس گیا۔۔۔

"آقا!" اس نے سر جھکا دیا۔

"یہ نغمہ سن رہے ہو؟"

یوسف مارے خوف کے کانپ اٹھا اور اس نے بغیر جواب دیے سر جھکا دیا۔

"جواب دو، بے وقوف ڈرو نہیں۔"

"ہاں آقا۔"

"کیا تم آواز کی سمت اندھیرے میں سیدھے جا سکتے ہو؟"

"ہاں آقا۔"

"تو جاؤ۔ اس مغنی کو ہمارے پاس لے آؤ اپنا سب سے زیادہ تیز رفتار اونٹ لے جاؤ۔"

یوسف سر جھکائے ہوئے باہر نکل گیا۔ اس نے جگالی کرتے ہوئے تھکے ہارے اونٹ کو اٹھایا اور پھر صحرا کے اندھیرے میں گھس گیا۔

"۱۹۴۲ء میں راشٹر پتا نے "ہندوستان چھوڑدو" کا نعرہ لگایا۔ سارا دیش ان کی آواز میں آواز ملا کر چیخ اٹھا، "ہندوستان چھوڑدو۔۔۔" میرا بچہ اپنی کتاب میں سے پڑھ رہا تھا۔

انگریزوں نے رہ نماؤں اور دیش بھگتوں کو چن چن کر جیلوں میں بند کر دیا۔ سب طرف گولیوں کی آواز گونجنے لگی، لاٹھیوں سے بوڑھوں، بچوں اور عورتوں کی ہڈیاں توڑی جانے لگیں۔ انگریز حکمراں ہر ابھرنے والی آواز دبا دینا چاہتے تھے۔

گانے کی آواز کے ساتھ غیاب کی جھنکار صحرا کی خاموشی میں ایک پراسرار طلسم کی طرح آہستہ آہستہ ابھر رہی تھی جیسے کوئی بوڑھی عورت سسک رہی ہو اور اپنے جوان بیٹے کی لاش پر بیٹھی بین کر رہی ہو۔

یوسف اونٹ پر بیٹھا آندھی طوفان کی طرح آگے ہی آگے بڑھ رہا تھا۔ اسے یاد آیا اس کی ماں نے اسے آخری بار اپنی چھاتیوں سے دودھ پلایا تھا اور پھر جی بھر کر روئی تھی اور پھر اس کا ننھا سا جسم دو ہاتھوں پر تھا۔ دو اجنبی ہاتھ، کرخت ہاتھ۔۔۔ اور اس کی ماں کی ہتھیلی پر چند سکے تھے۔

نغمے کی آواز آہستہ آہستہ قریب محسوس ہو رہی تھی۔

"لیکن یہ مجھے کون گھسیٹ رہا ہے خدایا؟

یہ کوڑے کیا تیرے حکم سے برسائے جا رہے ہیں؟

تو اپنے زیور واپس لے لے اور مجھے

میرے ہاتھ دے دے،

تیرا شکریہ!"

آواز اب بالکل صاف سنائی دے رہی تھی۔ یوسف کو یاد آیا، یہ ترانہ ایک بار اس نے بھی گایا تھا۔ تب وہ بہت چھوٹا تھا۔ رات بہت اندھیری تھی۔ وہ سب ایک جنگل میں چلے جا رہے تھے۔ جھاڑیاں ان کے جسموں پر کوڑوں کی طرح لگ رہی تھیں۔ ان سب نے زیور پہن رکھے تھے۔ جب وہ سب تھک کر چور ہو گئے، سب ایک جگہ ڈھیر کر دیے گئے تھے۔ ان کی آنکھیں نیند کی وجہ سے بند ہو رہی تھیں۔ یہاں تک کہ ان کے آقا بھی سو گئے تھے اور پہرے دار بھی۔ تب دور ایک کونے میں کسی نے الاؤ جلا دیا تھا سب ایک ایک کر کے اس الاؤ کے گرد جمع ہو گئے۔۔۔ اور کسی نے 'غیاب' پر نغمہ چھیڑ دیا۔ اور سب

بیک آواز گانے لگے تھے، تیرا شکریہ! تیرا شکریہ!

اسے یاد آیا، آقاؤں کی نیند ان کے نغمے کی وجہ سے خراب ہوتی تھی اور انھوں نے پہرے داروں کو کوڑے برسانے کا حکم دیا تھا اور پھر سارے میں چیخ و پکار مچ گئی تھی۔

ہوا سیٹیاں بجاتی ہوئی کانوں کی لوؤں سے ٹکرا رہی تھی اور یوسف اونٹ کو پوری رفتار سے ہانکے جا رہا تھا کہ اچانک اندھیرے میں اسے محسوس ہوا کہ وہ اس جگہ پہنچ گیا ہے جہاں ریت کے ٹیلے کافی اونچے ہیں۔۔۔ ایک ٹیلے پر ایک سیاہ دھبہ نظر آرہا ہے۔ اور غیاب کی آواز اسی دھبے میں سے ابھر کر چاروں طرف پھیل رہی ہے۔ کوئی مری ہوئی آواز میں ترانہ گا رہا ہے مگر الاؤ کہیں نہیں جل رہا ہے۔

"تو اپنے زیور واپس لے لے اور مجھے

میرے ہاتھ دے دے،

تیرا شکریہ!"

یوسف پکار اٹھا، "مغنی!"

آواز سناٹے میں گونجی مگر دوسری طرف سے کوئی جواب نہ ملا۔ یوسف نے اپنے اونٹ کا رخ ٹیلے کی طرح کر دیا اور آگے ہی آگے بڑھنے لگا۔ حتیٰ کہ وہاں پہنچ گیا جہاں دھبہ تھا۔ اس نے پھر آواز دی، "مغنی!"

نہ دھبے میں کوئی حرکت ہوئی، نہ دھبے سے کوئی آواز نکلی۔ اس نے اونٹ کو وہیں بٹھا دیا۔ نیچے اتر کر اور قریب جا کر اس نے دیکھا، ایک نیم مردہ شخص ہاتھ میں غیاب لیے پڑا ہے اس کے جسم میں کوئی حرکت نہیں، صرف چند سانسیں باقی رہ گئی ہیں، ہونٹوں سے ترانہ ابل رہا ہے اور ہاتھ اپنے آپ ہی غیاب کے تاروں پر گزر پھرا رہے ہیں۔ "تیرا شکریہ! تیرا شکریہ!"

یوسف نے مغنی کو اونٹ پر لادا کہ مغنی اس کی کسی بات کا جواب دینے کے قابل نہ تھا اور اس کا جسم بھی حرکت کرنے سے قاصر تھا اور پھر یوسف اپنے خیموں کی طرف روانہ ہوا۔

فرید ابن سعید اپنے خیمے میں اس کا منتظر تھا۔ اس کے حقے میں آخری چنگاری بھی بجھ چکی تھی اور تمباکو کا ذائقہ کسیلے غبار میں بدل چکا تھا۔

یوسف نے مغنی کو اس کے سامنے لا پٹکا اور اس کا غیاب اس کے قریب رکھ رک کھڑا ہانپنے لگا۔ کچھ کہنے کی ضرورت نہ تھی۔ فرید ابن سعید نے اپنی چھاگل میں سے مغنی کے چہرے پر پانی ٹپکایا تو اس کے سوکھے پپڑیوں جمے ہونٹوں میں حرکت ہوئی اور وہ قطرہ قطرہ پانی پینے لگا، مگر اسے ہوش پھر بھی نہ آیا۔ تب فرید ابن سعید نے یوسف کو اشارہ کیا کہ وہ طبیب کو بلائے۔ فوراً ہی آنکھیں ملتا ہوا طبیب حاضر ہوا اور اس نے سو جتنوں سے مغنی کو ہوش میں لانے کی کوشش کی۔ اور جب مغنی نے آنکھیں کھول دیں تو سب کے دل کھل اٹھے اور چہروں پر رونق آگئی۔ فرید ابن سعید نے خدا کے آگے ہاتھ پھیلا کر دعا پڑھی، "خدایا تیرا شکریہ!"

ایک رات ایک دن پڑاؤ رہا۔ آدمی اور جانور تازہ دم نظر آنے لگے۔ مغنی کھانے پینے کے قابل ہو چکا تھا کہ کارواں روانہ ہوا۔ ایک اونٹ پر اسے محمل میں لٹا دیا گیا۔ میر کارواں بڑا رحم دل تھا اور شہر اجانیر ابھی بہت دور تھا جہاں نیل میں چاندی کا سیال سیال دھیرے دھیرے بہہ رہا تھا۔

اجانیر کا بوڑھا حاکم بڑا نیک دل انسان تھا۔ اس کے انتظام اور انصاف پسندی کا دور دور تک شہرہ تھا۔ اجانیر کے بازار کی رونق اسی کے دم سے تھی جہاں سوداگروں کا سامان اور خریداروں کی دولت بالکل محفوظ تھی۔ سرائے مسافروں سے بھری رہتی اور طعام

خانوں سے پکوانوں کی خوشبوئیں اڑتی رہتیں۔ سپاہ لوگوں کی خدمت کے لیے تھی اور جیل خانے عرصہ سے مرمت نہیں کروائے گئے تھے۔

بوڑھا حاکم بازفادی کبھی کبھار اپنی جوان ملکہ شبر وزی کے ساتھ اپنے محل سے نکل کر بازار کا نظارہ کرنے جاتا تو رعایا کی نظریں احترام سے جھک جاتیں۔ اس کی سپاہ کے جاں باز اس کے اشارے پر جان دینے کے لیے تیار رہتے اور پسینے پر خون بہانے کا فرض ادا کرنا اپنی خوش قسمتی سمجھتے۔

بازفادی بڑا سمجھ دار تھا۔ وہ مال خریدنے اور بیچنے والوں سے تھورا تھورا محصول وصول کرتا۔۔۔ اور آرام سے زندگی گزارتا۔ اس کا بیوپار اس کی نیکی کی شہرت پر منحصر تھا اور اس کے دن رات جوان ملکہ شبر وزی کی آغوش میں چین سے کٹ رہے تھے۔۔۔ کہ۔۔۔ کہ اچانک ایک رات کسی نے اسے قتل کر دیا۔ اس رات بھی وہ شبر وزی کے برہنہ جسم کو اپنے بوڑھے ہونٹوں سے چاٹ رہا تھا۔ کسی کو کانوں کان خبر نہ ہوئی اور صبح اس کی لاش خون میں لت پت پائی گئی۔

اس کے وزرا نے اتفاق رائے سے ملکہ کو اپنا نیا حاکم تسلیم کر لیا اور کاروبار معمول کے مطابق چلنے لگا۔ بازفادی کا ایک مجسمہ شہر کے چوک میں نصب کر دیا گیا۔

فرید ابن سعید اجانیر میں واقع ہونے والی اس تبدیلی سے بالکل بے بہرہ تھا۔ اس کا کارواں تیز رفتاری سے صحرا کا سینہ چیرتا ہوا آگے بڑھ رہا تھا۔

ایک رات پھر پڑاؤ پڑا۔ مغنی اب بالکل بھلا چنگا تھا۔ الاؤ جلایا گیا اور اس کے گرد سب اکٹھا ہوئے اور اس نے نغمہ الاپا۔

"جب صحرا تپتے ہیں، تیری رحمتیں کہاں جاتیں ہیں۔

اللہ ہو!

جب قزاق کارواں لوٹتے ہیں، تیرا انصاف کہاں جاتا ہے؟

اللہ ہو!

جب پکے پھلوں میں کیڑا پڑتا ہے، تیری قدرت کہاں جاتی ہے؟

اللہ ہو!

جب ننگے بدنوں پر کوڑے برستے ہیں، تیری شفقت کہاں جاتی ہے؟

اللہ ہو!

جب اونٹ کھڑے کھڑے دَم توڑ دیتے ہیں اور اسباب لاوارث ہو جاتا ہے۔ تیرے مددگار ہاتھ کہاں جاتے ہیں؟

اللہ ہو!

جب تیری پرستش کے لیے اٹھے ہوئے ہاتھ کاٹ دیے جاتے ہیں۔ تیری آنکھ کے آنسو کہاں جاتے ہیں؟"

اور پھر سب ایک ساتھ پکار اٹھے، اللہ ہو، اللہ ہو! سب پر ایک کیفیت طاری ہو گئی اور سب بے اختیار رقص کرنے لگے۔ فرید ابن سعید کی آنکھوں سے بہنے والی آنسوؤں کو کسی ننھے سے ہاتھ نے پونچھا اور الاؤ کی آخری لکڑی جلنے تک رقص جاری رہا۔ یہ منظر بڑا دل گداز تھا۔

صبح جب کارواں روانہ ہونے لگا تو مغنی جس کا نام تلقار مس تھا، مالا مال کر دیا گیا۔ اسے ایک اونٹ، قالین اور دوسرا تجارت کا سامان انعام میں دیا گیا اور اسے ایک الگ بیوپاری کی حیثیت سے قافلہ میں داخل کر لیا گیا اور پھر کارواں اجانیر کی طرف بڑھا۔

اپنے اونٹ کی مہار پکڑے ہوئے تلقار مس نے پلٹ کر دیکھا۔ اونٹ مال و اسباب سے لدا ہوا سر اٹھائے بڑے انداز سے چل رہا تھا۔ ایکا ایکی تلقار مس کو اپنے قدم وزنی

محسوس ہوئے جیسے زنجیر سے وزن باندھ کر اس کے پاؤں کو جکڑ دیا گیا ہو لیکن بظاہر وہاں کچھ نہ تھا۔ وہ اس احساس سے حیران اور خوفزدہ سا ہوا۔ اور سر جھکائے قافلے کے ساتھ آگے بڑھنے لگا۔

سارا اجانیر نیند میں ڈوبا ہوا تھا۔ سارے چراغ بجھ چکے تھے۔ بازار میں سے اونٹوں کی جگالی اور مسافروں کے خراٹوں کی آوازیں ابھر رہی تھیں۔

محل میں حرم کی قندیلیں ابھی روشن تھیں۔ اور ملکہ شبر وزی اپنے بستر پر برہنہ لیٹی ہوئی طلائی جام سے شراب کا ایک ایک گھونٹ پی رہی تھی۔

اندھیری غلام گردش میں ایک سایہ رینگتا ہوا آگے بڑھ رہا تھا۔ اندھیرے میں وہ بڑا پراسرار لگ رہا تھا جیسے کوئی بدروح اپنے منحوس پر پھڑپھڑاتی ہوئی آہستہ آہستہ تیر رہی ہو۔ وہ حرم کے دروازے پر جا کر رک گیا۔

پہرے دار گشت لگا کر جا چکے تھے اور خادماؤں نے سائے کو دیکھ کر اونگھنا شروع کر دیا تھا۔ جب اس نے دروازے پر ذرا سا دباؤ ڈال کر پٹ اندر کو دھکیلا تو اندر جلنے والی قندیلوں کی روشنی میں اس کا سراپا جگمگا اٹھا۔

وہ اجانیر کی سپاہ کا افسرِ اعلیٰ جفیل تھا۔ اس نے حرم میں داخل ہو کر دروازہ اپنے پیچھے بند کر دیا اور آہستہ آہستہ پلنگ کی طرف بڑھنے لگا۔ تب تک ملکہ شبر وزی نے اپنی دونوں بانہیں اس کی طرف وا کر دی تھیں اور اس کے ہونٹ دعوتِ عیش دے رہے تھے۔ سپہ سالار جفیل نے پلنگ تک پہنچتے پہنچتے اپنے خوبصورت گٹھے ہوئے جسم کو لباس سے آزاد کر دیا اور پھر اپنے ہونٹ ملکہ کے ہونٹوں پر جما دیے، کسی غیبی ہاتھ نے قندیل بجھا دی۔

"بڑی دلچسپ داستان ہے۔ کس نے لکھی ہے؟" میری بیوی نے پوچھا۔

بچے سب اسکول جا چکے تھے۔ میں بیٹھا مسودے سے سر کھپا رہا تھا اور میری بیوی

سامنے بیٹھی سویٹر بن رہی تھی۔ ہم گھر میں بالکل اکیلے تھے۔

"نہیں!" میں نے چونک کر جواب دیا، "داستان بہت پرانی ہے۔ کسی نامعلوم زبان میں لکھی ہوئی ہے۔ میں تو صرف اسے دہرا رہا ہوں۔"

"ہزاروں سال گزر گئے، زندگی ویسی ہی چل رہی ہے! وہی سازشیں، وہیں قتل، وہی اندھیروں میں حرم کی طرف سفر کرتے ہوئے سائے۔۔۔" میری بیوی نے ٹھنڈی سانس لے کر کہا ہی تھا کہ دروازے پر دستک ہوئی۔ اس نے بڑھ کر دروازہ کھولا۔ باہر بنئے کا ملازم بل لیے کھڑا تھا۔

اجانیر کا اونچا دروازہ چاندنی میں دور سے یوں نظر آرہا تھا جیسے کوئی فرشتہ پر پھیلائے کھڑا ہو۔ قافلے کے لوگوں نے دروازے کی اوپری محراب میں سے چاند مسکراتا ہوا دیکھا۔ یہ نیک فال سمجھا جاتا تھا۔ سب کے چہرے شادمانی سے کھل گئے اور تھکے ہوئے قدم اپنے آپ تیز ہو اٹھے۔ منزل سامنے نظر آرہی تھی۔۔۔ نیل شہر کی فصیل کے ساتھ ساتھ دوسری طرف بہتا تھا۔

ابھی آسمان پر چند ستارے باقی تھے کہ فرید ابن سعید کا کارواں شہر کے بڑے دروازے پر آرکا۔ اونٹوں کو سامان سمیت ہی بٹھا دیا گیا اور قافلے کے لوگ شہر کی فصیل کے ساتھ پیٹھ ٹیک کر ستانے لگے۔ سب کو صبح کا انتظار تھا۔۔۔ جب باز فادی رسم کے مطابق قافلے کو خوش آمدید کہنے آئے گا، تحائف کا تبادلہ ہوگا۔ فرید ابن سعید خیر و برکت کی دعا مانگ کر قافلے کو اندر داخل ہونے کا حکم دے گا۔ مال و اسباب سرکاری گودام میں رکھا جائے گا تاکہ محفوظ رہے اور قافلے کے لوگ دریائے نیل میں غسل کے لیے کود جائیں گے۔۔۔ یہ منظر سب کی نظر میں گھوم گیا سوائے تلقارمس کے کہ اس کے لیے یہ زندگی کا پہلا سفر تھا اور پھر اس کے قدم وزنی بھی تھے۔

رسم کے مطابق فجر کو ملکہ شبر وزی اپنے خاوند کی جگہ دنیا کے سب سے بڑے تجارتی قافلے کو خوش آمدید کہنے کے لیے دروازے تک آئی۔ اس کے پیچھے سارے شہر کی خلقت تھی اور اس کے ہم قدم سپہ سالار جفیل اپنی کمر کے ساتھ بندھی ہوئی تلوار کے دستہ پر ہاتھ رکھے موجود تھا۔ وزرا نے بڑے دروازے کے دونوں طرف زیتون کا تیل ٹپکایا اور فرید ابن سعید پر زرفنکی کے پھولوں کی بارش کر دی۔ سب نے خوشی کے نعرے لگائے اس سے پیشتر کہ میر کارواں دروازے میں داخل ہو، اس نے اپنی جھولی میں سے ہیروں کا ایک ہار نکالا اور ملکہ شبر وزی کے قریب جاکر تعظیم سے سر جھکاتے ہوئے کہا، "قابل احترام ملکہ اجانیر! میں یہ تحفہ اپنے دیرینہ دوست شاہ باز فادی کے لیے لایا تھا۔ افسوس، اب وہ نہیں رہے۔۔۔ یہ ہار آپ کی خدمت میں پیش کرتے ہوئے مجھے مسرت بھی ہو رہی ہے اور شاہ کی بے وقت موت پر گہرا رنج بھی۔۔۔" اور اس کے ساتھ ہی اس نے ہیروں کا قیمتی ہار ملکہ کے گلے میں ڈالنے کے لیے ہاتھ آگے بڑھائے۔ ملکہ نے بھی اپنے سر کو تھوڑا سا جھکایا۔۔۔ اس سے پیشتر کہ اس کے ہاتھ ملکہ کی پیشانی تک بھی پہنچ پاتے، سپہ سالار جفیل نے تلوار کو میان میں کھینچا اور تلوار کی نوک پر ہار لے لیا۔ ہار تلوار کی تیز دھار پر سے پھسلتا ہوا اس کے ہاتھ میں آگیا۔

فرید ابن سعید نے حیرانی اور فکر مندی سے جفیل کے چہرے پر دیکھا۔ وہاں بالکل سپاٹ مسکراہٹ تھی۔ پھر اس کی نظر ملکہ شبر وزی کے چہرے پر جم گئی۔ وہاں بھی سپاٹ مسکراہٹ تھی۔

اچانک جفیل کی آواز ابھری، "امیر فرید ابن سعید! شاہ باز فادی کے عہد میں جس طرح یہ تلوار تمہارے مال و متاع کی حفاظت کی ضمانت تھی، اسی طرح ملکہ شبر وزی کے زمانے میں بھی یہ تلوار تمہاری حفاظت کی ضمانت ہے۔"

فرید ابن سعید کے ذہن پر ایک خیال ہلکے سے بادل کی طرح چھا گیا۔ اس نے ایک لمحہ کے لیے کچھ سوچا اور ہاتھ اوپر اٹھا کر اپنے قافلے والوں کو شہر کے اندر داخل ہونے کا اشارہ کیا۔

ملکہ اور اس کے اہل کاروں نے قافلے کے لیے راستہ چھوڑ دیا۔ شہر کے اندر کی بھیڑ اور شہر کے باہر کی بھیڑ ایک دوسرے میں بالکل گھل مل گئی۔

فرید ابن سعید کے کارواں کے اجانیر پہنچنے کی خبر قرب وجوار میں پھیل چکی تھی اور ارد گرد کی سلطنتوں کے بیوپاری پہلے ہی سے اپنا مال و اسباب لے کر اُجانیر پہنچ چکے تھے۔ سرائے میں تل دھرنے کو جگہ نہ تھی۔ طعام خانے میں ایک ایک نان کے لیے چھینا جھپٹی ہونے لگی تھی اور اونٹوں کے چارے کے لیے لوگ مال خانے کے باہر کھڑے چلانے لگے تھے۔

دریائے نیل کے چاندی جیسے سیال میں انسانی جسموں کا میلہ سا لگ گیا۔ مہینوں کی گرد، دھول اور میل دھوتا ہوا پانی گہری سنجیدگی سے اپنی منزل کی طرف بڑھ رہا تھا اور اس کے کنارے سے بندھی کشتیاں حیرانی سے یہ منظر دیکھتی ہوئی خاموش کھڑی تھیں کہ اب ان کی جھولیں مال واسباب سے بھر جائیں گی اور وہ اپنے وطنوں کو روانہ ہوں گی۔

بازاروں میں سے گزرتے ہوئے لوگ ایک دوسرے سے اپنے سفر کی صعوبتوں کی داستان بیان کر رہے تھے۔ پچھلی ملاقات اور اس ملاقات کے درمیان جو وقت تھا اس میں کیا کمایا کیا کھویا، بتایا جا رہا تھا۔ کہیں کوئی تکان۔ کہیں کوئی فکر کا نشان کسی کے چہرے پر نہ تھا۔۔۔ مگر فرید ابن سعید اپنے کمرے میں قالین پر بیٹھا ہوا حقہ گڑگڑاتا ہوا کسی گہری فکر میں ڈوبا ہوا تھا۔ اس کا خاص ملازم یوسف بڑی تندہی سے اس کی خدمت بجالانے کو تیار کھڑا تھا۔

کل جمعہ کا مبارک دن ہے اور وقت کا سب سے بڑا بازار لگنے جا رہا ہے۔ تلقارمس جو ایک مغنی تھا، کل زندگی میں پہلی دفعہ ایک بیوپاری کی حیثیت سے انعام میں ملے ہوئے قالین، خشک میوے اور جڑی بوٹیاں لے کر بازار میں کھڑا ہوگا۔۔۔ وہ اندر ہی اندر کافی بے چین تھا۔

سورج نیل کے سیال میں دھیرے دھیرے ڈوبنے لگا اور چاندی کا سیال سونے کے رنگ میں رنگ کر سنہری ہو گیا۔۔۔ فرید ابن سعید نے جب دیکھا کہ رات نے ہر چیز پر اپنا طلسم پھونک دیا ہے تو یوسف کو اشارے سے پاس بلایا اور کہا، "عابد سے جا کر کہو، فرید ابن سعید نے سلام کہا ہے۔"

یوسف سر کی جنبش سے احترام کا اظہار کرتے ہوئے باہر نکل گیا۔۔۔ سرائے سے باہر جاتے ہوئے اس نے دیکھا، تلقارمس اپنے غیاب پر بے خیالی میں دھیرے دھیرے گز پھرا رہا ہے۔

عابد کہنے کو تو حیوانوں کا طبیب تھا مگر اس کے علاوہ بھی بہت کچھ تھا۔۔۔ فرید ابن سعید اور وہ دونوں اکٹھے ہی ایک بازار میں نیلام ہوئے تھے اور پھر ان کے آقا نے انھیں ایک ساتھ ہی آزاد کیا تھا اور اپنا تجارت کا سامان فرید ابن سعید کو اور اپنا طب کا علم عابد کو دے کر خدا کو پیارا ہوا تھا۔ عابد کے باپ کا کسی کو کچھ علم نہ تھا، اس لیے وہ ایک ہی نام سے پکارا جاتا تھا۔ وہ بادشاہ بازفادی کے منظور نظروں میں سے تھا اور اکثر چوسر کا کھیل شاہی محل میں جا کر کھیلا کرتا تھا۔ بازفادی کے اونٹوں، گھوڑوں، خچروں اور دودھ دینے والی بھیڑوں کی صحت کی ذمہ داری بھی اس پر تھی۔ وہ اتنا ایماندار تھا کہ اکثر تاجر اس کے پاس اپنا فالتو سامان اور نقدی رکھ جایا کرتے تھے اور جب وہ دوبارہ آتے، انھیں تمام چیزیں صحیح و سلامت ملتیں۔ عابد مؤرخ کے فرائض بھی انجام دیتا تھا۔ اس کے پاس اس

بات کا اندراج موجود رہتا کہ کب کون آیا اور کون سا اہم واقعہ کب پیش آیا۔

عابد بیشتر فرید ابن سعید کو شہر کے دروازے پر ملا کرتا تھا، لیکن اس بار۔۔۔؟ اور یہی ایک خیال رہ رہ کر فرید ابن سعید کو ستا رہا تھا۔

جہاں شہر کی چہار دیواری ختم ہوتی تھی، وہیں سے کھجور کا جنگل شروع ہوتا تھا۔ اس کے بعد وسیع چراگاہ تھی جس کے وسط میں ایک ٹیلہ تھا اور ٹیلے کے پہلو میں گرم پانی کا چشمہ تھا۔ اسی چشمے کے کنارے ٹیلے کی آغوش میں عابد کا مکان تھا۔ مٹی کی اینٹوں سے دیواریں کھڑی کی گئی تھیں اور محرابوں پر چھت ڈالی گئی تھی۔

یوسف نے جنگل پار کر کے چراگاہ میں قدم رکھا اور دور چاندنی میں نظر آنے والے مکان کی طرف دیکھا۔ اسے کسی جھروکے میں روشنی دکھائی نہ دی۔ اس نے سر اٹھا کر آسمان کی طرف دیکھا۔ ستارے پوری آب و تاب سے چمک رہے تھے اور چاند محوِ سفر تھا۔

"وہاں روشنی کیوں نہیں؟" یوسف نے سوچا اور پھر آگے بڑھنے لگا۔

عابد کا مکان چاروں طرف سے بند تھا۔ کسی جاندار کے سانس لینے تک کی آواز نہ آہی تھی۔ یوسف نے مکان کے چاروں طرف گھوم کر دیکھا۔ اسے کہیں کچھ نظر نہ آیا۔ وہ ایک چکر لگا کر پھر صدر دروازے پر آگیا اور بے اختیار چلا اٹھا، "اے حکیم۔۔۔"

شیشم کے ایک بڑے پیڑ پر سے ایک چیل چیختی ہوئی اڑی اور آسمان کی وسعت میں گم ہوگئی۔ یوسف کی چیخ سے نیل کے ساحل پر بیٹھی ہوئی ابابیلیں "چیاں چیاں" کرتی ہوئی نیل کے اوپر طواف کرنے لگیں اور پھر ہر طرف خاموشی چھاگئی۔

اس خاموشی اور تاریکی میں تیز تیز قدم اٹھاتا ہوا یوسف شہر کی سرائے کی طرف لوٹ آیا۔

فرید ابن سعید نے سب حال سنا اور اپنی پشت پر ہاتھ باندھے کمرے میں ٹہلنے لگا۔

یوسف نے آقا کو فکر مند دیکھ کر کہا، "حقہ تازہ کر کے حاضر کروں؟"

"نہیں۔۔۔" فرید ابن سعید نے پلٹ کر اس کی طرف دیکھا، "اپنے سب بیوپاریوں سے کہہ دو کہ کل بازار نہیں لگے گا۔۔۔ اور مغنی سے کہو، غیاب پر غلاموں کا ترانہ بجائے اور سرائے کے صحن میں الاؤ جلا دو۔۔۔"

شاہی محل کے ایک کمرے میں قندیلیں روشن تھیں اور وسطی ہال میں فانوس اپنی نورانی کرنیں بکھیر رہے تھے۔ ایک بہت ہی خاص اجلاس بلایا گیا تھا۔ جس میں تمام وزرا اور مشیر مدعو تھے۔ شاہی نعمت خانے سے بھنے ہوئے گوشت کی سگندھ اٹھ رہی تھی اور بڑی میز پر شہتوت کی شراب کی صراحیاں سجی تھیں۔ تمام لوگ اجلاس کی غایت سے ناواقف تھے اور اسے محض شاہی دعوت سمجھ کر خوشی خوشی ناو نوش میں غرق تھے۔

ملکہ تخت پر بیٹھی سب کو مسکراہٹیں بانٹ رہی تھی اور قریب ہی بیٹھا سپہ سالار جفیل ملکہ کے ساتھ سرگوشی میں گفتگو کر رہا تھا کہ اچانک وہ اپنی جگہ سے اٹھا اور اس نے امرا و وزرا پر ایک طائرانہ نظر ڈالی۔۔۔ تب کچھ لوگوں نے محسوس کیا کہ اس کے ہاتھ میں ابھی تک ننگی تلوار ہے اور اس کے گلے میں فرید ابن سعید کا پیش کیا ہوا ہیروں کا ہار ہے۔

اسے کھڑا دیکھ کر سب طرف سناٹا چھا گیا۔ اس نے ایک بار پھر ملکہ شبزوری کے چہرے پر اپنی نظر ڈالی۔ دونوں کی آنکھیں چار ہوئیں اور ایک بامعنی مسکراہٹ کا تبادلہ خیال ہوا۔ جفیل نے کہنا شروع کیا، "معززین، اس خاص اجلاس میں آنے کی تکلیف آپ لوگوں کو اس لیے دی گئی ہے کہ ایک بہت ہی اہم معاملے میں آپ لوگوں کی رائے کی ضرورت آن پڑی ہے۔۔۔" وہ تھوڑی دیر کے لیے رکا، پھر متحیر چہروں کا بغور مطالعہ

کرنے کے بعد کہنے لگا، "کل وقت کا سب سے بڑا بازار ہمارے شہر کی چہار دیواری کے اندر لگنے جا رہا ہے جس میں قریب و دور کے سینکڑوں تاجر جامن کی گٹھلیوں سے لے کر غلاموں تک کی خرید و فروخت کریں گے اور جھولیاں بھر کر منافع کمائیں گے۔ اُجانیر دنیا بھر میں (جتنی دنیا دریافت ہو چکی ہے) اپنے وقت کی سب سے بڑی منڈی ہے۔ یہاں لوگوں کی عزت، مال و اسباب اور دولت، سب کی حفاظت ہوتی ہے۔ اور تاجر یہاں بلاخوف و خطر لین دین کرتے ہیں۔۔۔ ہمارے آنجہانی بادشاہ حضرت بازی فادی کے وقت میں دو باتیں رائج تھیں۔ ایک تو یہ کہ ہر مال کی فروخت پر ایک فی صدی محصول لیا جاتا تھا، دوسرے یہ کہ اگر کسی تاجر کو نقصان ہو جاتا تھا تو اسے سرکاری خزانے سے ایک برس کے لیے بلاسود قرض مل جاتا تھا۔ ایسے تاجر اور اس کے ضامنوں پر لازم تھا کہ اگلے برس جب وہ آئیں تو قرض کی رقم لوٹا دیں، بصورت دیگر اسے اور اس کے ضامنوں کو بازار میں خرید و فروخت کی اجازت نہ ملتی تھی۔۔۔ محترمہ ملکہ اس قانون کا پورا پورا احترام کرتی ہیں اور تاجروں کو زیادہ سے زیادہ سہولت دینے کے حق میں ہیں۔ لیکن وقت بدل گیا ہے۔ سرکاری اخراجات بڑھ جانے کی وجہ سے خزانے پر کچھ زیادہ ہی بوجھ آن پڑا ہے۔ اُجانیر اپنے محدود ذرائع سے اس بوجھ کو برداشت کرنے سے قاصر نظر آتا ہے۔ لہٰذا ملکہ آپ لوگوں کے سامنے ایک تجویز رکھتی ہیں کہ خرید و فروخت پر محصول تو ایک فی صدی ہی رہے لیکن خرید کرنے والے اور فروخت کرنے والے دونوں پر محصول لازم قرار دیا جائے۔۔۔ اور سرکاری خزانے میں سے دیے جانے والے قرض پر ایک فی صدی سود وصول کیا جائے۔ تجویز آپ کے سامنے ہے اور آپ سب حضرات کی منظوری لازمی ہے کہ یہی طریقہ اس ملک میں رائج ہے۔۔۔" چند لمحوں کے بعد جفیل نے اپنی ننگی تلوار فضا میں اٹھاتے ہوئے کہا، "آپ سب صاحبِ فہم لوگ ہیں۔ وقت کے تقاضے سے بخوبی

واقف ہیں۔ ملکہ امید کرتی ہیں کہ آپ ان کی تجویز سے اتفاق کریں گے۔"

سب طرف سناٹا چھا گیا۔ امرا و وزرا نے سر جھکا لیے۔ سب طرف خوف ساطاری نظر آنے لگا۔ کسی نے زبان تک نہ کھولی۔

"تو اس کا مطلب ہے، سب کو ملکہ کی تجویز منظور ہے۔۔۔" اس نے مسکراتے ہوئے اور پھر تلوار بغل میں دبا کر تالیاں بجائیں۔ سارے دربار میں اس کی تالیوں کی گونج سنائی دے رہی تھی اور ملکہ مسکراتے ہوئے یہ سارا منظر دیکھ رہی تھی۔ اہلمد کو حکم دیا گیا کہ وہ شاہی تجویز کی منظوری پر سب کے دستخط کروالے۔۔۔ اور کانپتے ہوئے ڈھیروں ہاتھوں نے قلم تھام کر باری باری دستخط کر دیے۔

جس وقت محل میں شاہی تجویز پر منظوری کے دستخط ہو رہے تھے، شہر اُجانیر کی سب سے بڑی اور سب سے عالیشان سرائے کے صحن میں الاؤ کے گرد لوگ دیوانہ وار ناچتے ہوئے غلاموں کا ترانہ گا رہے تھے۔

"تیرا شکریہ!

تیرا شکریہ!"

اگلی صبح ویران اور بے رونق بازار میں سرکاری منّاد سپہ کی معیت میں داخل ہوا اور سرکاری اعلان پڑھ کر سنانے لگا۔

"ملک خدا کا، حکم ملکہ کا، اطلاع برائے ہر خاص و عام۔ حاکمہ مقامی اور غیر مقامی تاجرین کو خوش آمدید کہتی ہے۔ ان کے جان و مال کی حفاظت کا یقین دلاتی ہے۔۔۔ یہ اعلان بھی کیا جاتا ہے کہ آج سے اشیا کی خرید و فروخت، دونوں پر دونوں طرف سے ایک ایک فیصد محصول وصول کیا جائے گا۔ اس کے علاوہ نقصان اٹھانے والے بیوپاریوں کو سرکاری خزانے سے حسبِ سابق قرض بھی دیا جائے گا لیکن اب قرض کی رقم پر محض

ایک فیصد سود وصول کیا جائے گا۔۔ ملکہ کی نیک خواہشات خدا کے سب بندوں کو پیش کی جاتی ہیں۔"

لوگوں نے یہ اعلان بازار میں کھڑے ہو کر نہیں، اپنے گھروں اور سرائے کے بلند دروازوں کے پیچھے کھڑے ہو کر سنا۔۔ اور سرکاری منادؔ لوگوں کی بے توجہی سے بددل ہو کر جلد ہی واپس اپنے گھر لوٹ گیا۔

سورج کی روشنی محل کے گنبدوں پر پوری طرح پھیل گئی تھی جب ملکہ اور سپہ سالار شب باشی کے بعد اپنی نیند سے بیدار ہوئے۔ دونوں نے اپنے ہاتھ ایک دوسرے کے برہنہ جسموں پر پھرائے اور صبح کا پہلا بوسہ ایک دوسرے کے ہونٹوں پر ثبت کیا۔

غسل تیار تھا۔ دونوں نے خوب مل مل کر ایک دوسرے کے جسم سے، ایک دوسرے کی رطوبت اتاری اور تازہ دم ہو کر شاہی لباس زیبِ تن کیا اور ناشتہ بازار کی طرف کے جھروکے پہ لگوایا۔ دونوں ایک دوسرے کے سامنے بیٹھ کر تازہ پھلوں کا رس پینے لگے۔ اچانک ان کی نظر بازار کی طرف اٹھ گئی۔ دونوں بھونچکے رہ گئے۔ بازار میں جہاں آج کھوے سے کھوا چھلنا چاہیے تھا، کوئی نفس دکھائی نہیں دے رہا تھا۔

دونوں ناشتہ نہ کر سکے۔ کھانے پینے کا سامان دستر خوان پر ویسے کا ویسا پڑا رہ گیا۔۔ دونوں جب دستر خوان سے اٹھے، خادمائیں دستر خوان پر بھوکی کتیوں کی طرح ٹوٹ پڑیں۔

سپہ سالار کے دفتر میں مخبر پہلے ہی سے کھڑے سپہ سالار کا انتظار کر رہے تھے۔ انھوں نے بتایا، محصول بڑھائے جانے کی خبر سے پہلے ہی فرید ابن سعید نے بازار نہ لگانے کا حکم دے دیا تھا۔۔ رات بڑی سرائے کے صحن میں الاؤ کے گرد غلاموں کا ترانہ بھی گایا گیا تھا۔ سب ساری رات ناچتے رہے تھے اور صبح ہونے تک تھک ہار کر سو گئے

تھے۔۔۔

سپہ سالار جفیل کے ماتھے پر شکنیں پڑ گئیں اور اس کا ہاتھ تلوار کے دستے پر جا کر ٹک گیا۔۔۔ اس نے داروغہ شہر کو حکم دیا کہ وہ فرید ابن سعید کو پکڑ کر ملکہ کے سامنے پیش کرے۔

فرید ابن سعید (اکیلا نہیں) اپنے سولہ جانبازوں کے ساتھ مسلح ہو کر دربار میں حاضر ہوا۔۔۔ جب وہ سرائے سے روانہ ہوا تھا، اس وقت تلقار مس سویا ہوا تھا۔ الاؤ کی راکھ میں چند چنگاریاں دبی پڑی تھیں۔ غیاب پاس پڑا تھا۔ فرید ابن سعید ایک لمحہ اس کے قریب رکا تھا۔ اسے بیدار کرنا چاہا تھا مگر پھر کچھ سوچ کر آگے بڑھ گیا تھا۔ لوگوں نے ویران بازار میں سے گزرتے ہوئے اسے دیکھا تھا اور ان کی طرف دیکھ کر اس کے جی میں آیا تھا، "کسی کو جھنجھوڑ کر جگانا ٹھیک نہیں!"

ملکہ بڑی مروت سے پیش آئی۔ وزرا و امرا، سب خاموش بیٹھے تھے۔ جفیل کے چہرے پر بھی تناؤ نہ تھا، ایک ٹھہراؤ تھا اور ہونٹوں پر مسکراہٹ تھی۔

"آج جمعہ کی مبارک ساعت تھی۔ قاعدے کے مطابق بازار لگنا چاہیے تھا،" ملکہ نے بڑی ملائمیت سے کہا۔

"جی ہاں ملکہ آپ ٹھیک فرماتی ہیں۔۔۔" فرید ابن سعید نے سنجیدگی سے جواب دیا، "میں جب بھی اپنی مال و اسباب لے کر اُجانیر آتا ہوں، قاعدے کے مطابق بازار لگنے سے پہلے حکیم عابد، خدا کے حضور میں تاجروں کی برکت کے لیے دعا کرتا ہے۔۔۔ وہ ابھی تک نہیں آیا ہے۔ رات میں نے اپنے ملازم کو اس کے گھر بھیجا تھا، وہاں نہ عابد تھا نہ کوئی اور نفس۔۔۔ مجبوراً بازار ملتوی کرنا پڑا۔"

سارے دربار میں ایک تناؤ سا پیدا ہو گیا۔ ملکہ نے سپہ سالار جفیل کی طرف دیکھا۔

وہ جیسے بے چین ہو رہا تھا۔ وزرا اور امرا، سب کے سر جھک گئے تھے۔۔۔ ملکہ گھبرا سی گئی۔

سپہ سالار جفیل نے فوراً کہا، "محترم امیر، حکیم عابد کا اب دعا پڑھنا ممکن نہ ہو سکے گا۔ وہ حراست میں ہے اور اس کا مقدمہ زیرِ سماعت ہے۔۔۔ اس پر بادشاہ کو مار ڈالنے کا الزام ہے۔ اس نے اونٹوں کو جلاب دینے والی دوا ہمارے نیک اور مہربان بادشاہ کو پلائی تھی جس سے ہمارے آنجہانی بادشاہ کی جلد پھٹ گئی تھی، خون پھوٹنے لگا تھا۔۔۔ وہ کربناک حالت میں جاں بحق ہوئے تھے۔"

سپہ سالار جفیل کی اس اطلاع سے اُمرا اور وزرا کے چہرے حیرانی سے تن گئے۔ ملکہ کی گھبراہٹ دور ہو گئی اور اس کے ہونٹوں پر ہلکی سی مسکراہٹ پھیل گئی۔ اس نے آنکھوں ہی آنکھوں میں اپنے عاشق کی فہم و فراست کی داد دی۔

"کیا اس بات کا علم اہلِ ملک اور اہلِ دربار کو ہے؟" فرید ابن سعید نے معاملہ کی تہہ تک پہنچتے ہوئے پوچھا۔

"فرید ابن سعید!" سپہ سالار جفیل دہاڑا، "تم ایک تاجر ہو اور تمہیں اپنی ہی حد تک رہنا چاہیے۔ ہمارے ملک کے سیاسی معاملات میں دخل دینے کا حق تمہیں کسی طرح نہیں پہنچتا کہ تم اس ملک کے باشندے نہیں ہو۔۔۔"

"جان کی امان پاؤں تو ملکہ صاحب میں کچھ عرض کروں۔۔۔" فرید ابن سعید جفیل کو نظر انداز کرتے ہوئے ملکہ سے مخاطب ہوا۔

"اجازت ہے امیر!" ملکہ نے ایک ہاتھ ذرا سا اٹھا کر، سر کی جنبش سے اجازت دی۔

"جس ملک میں سیاسی استحکام نہ ہو، تاجر اس ملک میں تجارت نہیں کرتا۔ شہر کے دروازے میں قدم رکھنے سے پہلے اس کا یہ جان لینا ضروری ہے کہ وہاں کا بادشاہ اور رعایا

دونوں ایک دوسرے پر بھروسہ کرتے ہیں یا نہیں۔۔۔ تاجر جس ملک میں بھی تجارت کرنے جاتا ہے اسے اپنا ہی ملک سمجھتا ہے۔ وہاں کے حاکم کا بھی فرض ہے کہ تاجر کو اپنے ہی ملک کا شہری سمجھے اور اسے وہی سہولتیں دے جو اپنے شہری کو دیتا ہے۔۔۔" فرید ابن سعید نے کہا۔

اس سے پہلے کہ سپہ سالار جفیل زبان کھولتا، ملکہ نے کہا، "ہم اپنے محترم مہمان کے خیالات کی قدر کرتے ہیں اور اسے اپنا ہی شہری سمجھتے ہیں۔۔۔ کیا امیر کو محصول کی شرح بڑھائے جانے پر بھی کچھ اعتراض ہے؟"

"جی ہاں ملکہ صاحبہ، یہ غیر واجب ہے۔ اس کا فیصلہ تجارت کرنے والوں کے مشورے کے بغیر نہیں کیا جانا چاہیے تھا!"

"ہم اپنا حکم واپس لیتے ہیں۔ اُجانیر کی شاندار روایت برقرار رکھنے کے لیے ہم ہر قربانی کے لیے تیار ہیں۔۔۔" ملکہ نے انتہائی فراخدلی کا ثبوت دیتے ہوئے بات کو بڑھنے سے روک دیا اور فرید ابن سعید کو باعزت طور پر دربار سے رخصت کیا۔

چائے میں چمچ چلاتے ہوئے میری بیوی نے پیالہ میرے سامنے رکھا اور مسکرا کر کہنے لگی، "اب تک کی داستان سن کر دو سوال میرے ذہن میں ابھرتے ہیں۔"

"دو سوال؟" میں نے چائے کا گھونٹ بھرتے ہوئے پوچھا۔

"داستان گو نے اپنے کرداروں کا حلیہ اور ان کے لباس اور ان کی وضع قطع کے بارے میں کچھ بیان نہیں کیا ہے، صرف ناموں سے فضا قائم کی ہے۔ دوسرے یہ کہ فرید ابن سعید شہریت کا حق پا کر اور محصول میں کمی کروا کر، باز فادی کے قتل اور عابد کے جرم کا سوال بالکل بھول گیا۔"

میں نے تھوڑی دیر سوچنے کے بعد جواب دیا، "تم نے ٹھیک کہا۔ میں سمجھتا ہوں

شاید داستان گو کا موضوع کردار، ان کا حلیہ اور ان کا زمانہ، نہیں بلکہ ایک الگ مسئلہ ہے۔ کردار، حلیہ، نام، لباس اور وقت، سب بدل گئے ہیں مگر مسئلہ اپنی جگہ قائم ہے۔ غالباً اسی لیے داستان گو نے مسئلے کے خط و خال ابھارنے پر زور دیا ہے۔ شاید وہ یہ ثابت کرنا چاہتا تھا کہ ہم ہمیشہ چھوٹی چھوٹی مراعات پا کر بڑے بڑے سوالوں کو بھول جاتے ہیں۔ اب یہ تو خیر آگے پڑھنے پر ہی پتہ چلے گا کہ کیا فرید ابن سعید اپنے مہربان دوست باز فادی اور وفادار دوست عابد کو واقعی فراموش کر کے ملکہ شبر وزی کے دربار سے رخصت ہوا۔۔"

لہٰذا میں نے آگے پڑھنا شروع کیا۔

پہلے سات دن تک بازار لگا، ہر روز لاکھوں کا لین دین ہوتا رہا۔ آٹھویں دن لیکھا جوکھا کرنے کے لیے تاجروں نے چھٹی کی۔۔۔ تلقارمس نے انعام میں پایا ہوا سامان ایک ہزار اشرفی میں بیچنے کے بعد، ایک علیل تاجر کا سامان اونے پونے داموں خرید کر پھر بیچ ڈالا اور اسے مزید چار سو اشرفی منافع ہوا۔۔ اس نے اپنا غیاب سرائے کے کمرے میں رکھ دیا تھا اور تجارت کے اسرار و رموز جاننے میں لگا رہا تھا۔ اسے زندگی میں پہلی بار احساس ہوا تھا کہ نغمے الاپنے کے علاوہ بھی زندگی میں کچھ رکھا دھرا ہے۔ وہ اپنے مستقبل کے بارے میں طرح طرح کے خواب بننے لگا، مال و اسباب سے لدے ہوئے اونٹ، ملازم اور صحرا کی راتوں کی ٹھنڈی ہوا۔۔ آہ، ایسے میں غیاب بجانے کا لطف۔۔۔ وہ بہت مسرور تھا۔

چھٹی والی رات فرید ابن سعید کے دستر خوان پر ایک مہمان آنے والا تھا۔ اس رات اس نے الگ سے طعام کا انتظام کیا۔۔ قافلے کے دوسرے لوگ اپنے نیفوں میں اشرفیوں کی تھیلیاں دبائے ہنستے کھیلتے، کھانے میں مصروف تھے کہ سرائے کی پچھلی طرف کی کھڑکی کے سامنے دو سائے رکے۔ دونوں سائے کمبلوں میں لپٹے چھپے تھے۔۔ پھر

کھڑکی کھلی اور دونوں سائے اندر کود گئے اور راہ داری کے راستے فرید ابن سعید کے کمرے میں داخل ہو گئے۔ دروازہ ان کے داخلے کے ساتھ ہی بند ہو گیا۔

دونوں سایوں نے کمبل اتارے۔۔۔ ایک سایہ یوسف تھا اور دوسرا۔۔۔ دوسرا تھا داروغہ جیل۔ فرید ابن سعید نے کہا، "خوش آمدید!"

داروغۂ جیل آگے بڑھا اور اس نے امیر کا ہاتھ اپنے ہاتھوں میں تھاما اور پھر اسے چوما، "کیوں شرمندہ کرتے ہو امیر! اگر تم نہ ہوتے، میرا وجود کب کا ختم ہو گیا ہوتا اور صحرا کے گدھوں تک کو میری لاش نہ ملتی۔ میں خود کو خوش قسمت سمجھتا ہوں کہ تم نے مجھے یاد کیا۔ تم نے مجھے سازشی جفیل سے بچایا تھا، یہ میں کبھی بھول نہیں سکتا۔ میرے لیے کوئی حکم، کوئی خدمت؟"

"تو آؤ دستر خوان لگ چکا ہے۔۔۔" فرید ابن سعید نے مسکراتے ہوئے دستر خوان کی طرف اشارہ کیا۔

داروغۂ جیل نے پہلے امیر کی طرف دیکھا، پھر یوسف کی طرف اور ایک ہلکی سی مسکراہٹ اس کے چہرے پر پھیل گئی۔۔۔ پھر تینوں نے دعا کی، خدا کا شکر ادا کیا (کہ انھیں اس وقت کا رزق نصیب ہوا) اور کھانے میں مصروف ہو گئے۔

داروغۂ جیل جس کا نام مرشد تھا، بادشاہ بازفادی کے زمانے میں فوج میں ملازم تھا اور یوں سپہ سالار جفیل کا رقیب تھا۔۔۔ امیر فرید ابن سعید (کہ مرشد کا محسن تھا) نے بادشاہ بازفادی سے کہہ کر مرشد کو فوج سے الگ کروا کر محکمۂ جیل میں رکھوا دیا تھا۔۔۔ پیارے قارئین ویسے یہ بات کہنے کی کوئی ضرورت تو نہیں تھی۔۔۔

دورانِ طعام فرید ابن سعید نے پوچھا، "مرشد! کیا تم بتا سکتے ہو، عابد کا کیا ہوا؟"

مرشد نے نوالہ منہ میں ڈالنے سے پہلے ہاتھ روک لیا۔ وہ یکایک سنجیدہ ہو گیا۔

تھوڑی دیر کچھ سوچتا رہا، پھر بولا، "عابد محل کے نیچے تہہ خانے میں قید ہے۔"

"کس جرم میں؟"

"آج کی تاریخ رقم کرنے کے جرم میں۔" مرشد نے جواب دیا اور نوالہ منہ میں ڈال لیا۔

"کیا وہ باز فادی کے قتل کی اصلیت سے واقف ہے؟"

"ہاں امیر۔۔۔ اس نے اپنے روزنامچے میں درج کیا تھا کہ ملکہ اور جفیل نے مل کر بادشاہ کو قتل کیا۔ اس نے یہ بھی درج کیا تھا کہ خود پسند ملکہ شبر وزی اپنے حسن کو قوت سمجھتی ہے اور اپنے حسن کے بل بوتے پر ملک کی حکومت اپنے ہاتھ میں لینا چاہتی ہے۔"

"کیا عابد کی رہائی ممکن ہے؟"

مرشد سوچ میں پڑ گیا، پھر بولا، "صرف ایک صورت ہے۔۔۔ اگر ہم عابد کی جگہ کسی اور کو تہہ خانے میں رکھ سکیں تو۔۔۔ لیکن بھید کھلتے ہی اس دوسرے شخص کی موت یقینی ہے۔"

فرید ابن سعید نے ایک گہری سانس لی، "دوسرے شخص کا انتظام ہو جائے گا۔۔۔ مرشد! اب عابد کی رہائی تمہارے ذمے ہے۔"

یوسف نے سر اٹھایا، اپنے آقا کی طرف دیکھا، اور پھر مسکرایا، "آپ نے درست فرمایا امیر! دوسرا شخص حاضر ہے۔۔۔"

فرید ابن سعید اور مرشد نے گھوم کر یوسف کی طرف دیکھا اور دونوں کے دل درد سے بھر گئے۔

بازار کل چودہ دن لگتا تھا۔۔۔ تیرہویں رات یوسف محل کے تہہ خانے میں بنے جیل میں بھڑ بھونجے کے لباس میں عابد کو کھانا دینے گیا۔۔۔ ان کا انتظام مکمل تھا۔۔۔ اور

پھر بھڑ بھونجے کے لباس میں عابد جیل سے باہر نکل آیا۔

رات گہری تھی۔ چاند نظروں کے احاطوں میں نہیں تھا۔ ستاروں کی مدھم روشنی میں عبادت کدہ سر جھکائے خاموشی سے کھڑا تھا۔۔۔ عابد سر جھکائے عبادت کدے میں داخل ہوا (اس طے شدہ جگہ پر فرید ابن سعید اس کا منتظر تھا)۔ دونوں دوستوں نے نظریں ملتے ہی بازو ایک دوسرے کی طرف پھیلا دیے، دونوں بغل گیر ہوئے اور دونوں کی آنکھوں سے بے اختیار آنسو بہہ نکلے۔

قارئین! وہ آنسو خوشی کے تھے یا غم کے، دونوں دوست بے خبر تھے۔ انھیں تو بس اتنی خبر تھی کہ ان کے دل کے کسی کونے میں ایک آواز گونج رہی ہے، مرحبا یوسف!

فرید ابن سعید نے بھنچی بھنچی آواز میں کہا، "ظالم جفیل اور بدکار ملکہ شاید اس لیے تمہیں قتل نہ کر سکے کہ خدا کو ہم دونوں کی ملاقات منظور تھی اور غائب میں کچھ اور ہی لکھا تھا۔"

"تم ٹھیک کہتے ہو امیر! اس کے علاوہ ایک بات یہ بھی تھی کہ وہ اس مسودے کو حاصل کرنا چاہتے تھے جس میں میں حال کی تاریخ رقم کر رہا تھا۔۔۔ میں نے ہزار ظلم سہے، لاکھ صعوبتیں اٹھائیں لیکن انھیں یہ خبر نہ دی کہ مسودہ کہاں ہے۔۔۔ میں جانتا تھا کہ جیسے ہی ان ناہنجاروں کے ہاتھ مسودہ لگے گا، میرا سر تن سے جدا کر دیا جائے گا۔"

"آفرین میرے دوست! کتنے ہوں گے تم جیسے جو ان مسودوں کو اپنی جان سے بھی زیادہ عزیز رکھتے ہیں جن میں وقت دل کی طرح دھڑکتا ہے۔۔۔"

"کل رات چلنے کی تیاری ہو گی اور پرسوں، فجر کے وقت کارواں روانہ ہو گا۔ تم اور تمہارا وہ مسودہ جس میں وقت دل کی طرح دھڑکتا ہے، کارواں کی حفاظت میں ہو گا۔۔۔ اور جب صدیوں بعد اُجانیر کے کھنڈروں میں سے گزرتے ہوئے کوئی بکھرے ہوئے

پتھروں سے یہ پوچھے گا، اے بدنصیب شہر! تجھ پر کیا بیتی؟ ہر پتھر کی زبان سازشوں اور ظلم کی داستان بیان کرے گی۔۔۔" فرید ابن سعید نے دھڑکتے دل سے کہا۔

دونوں عبادت کدے سے باہر نکلے اور صحرا کی گہری رات کے اندھیرے میں غائب ہو گئے۔

چودھویں رات اونٹوں کی پیٹھوں پر جھولیں ڈالی جارہی تھیں، محمل باندھے جارہے تھے کہ صحرا کی فجر کے اندھیرے میں کارواں کو کوچ کرنا تھا۔۔۔ ادھر جیسے سپہ سالار جفیل کے ننگے بدن پر چیونٹی رینگ گئی۔ وہ ملکہ شبروزی کے برہنہ جسم کی کڑی گرفت سے ایک تیز جھٹکے سے نکلا، دروازے تک آیا اور دروازے کے پٹ ذرا کھول، اس نے کرخت آواز میں پوچھا، "کون ہے؟ کس نے اس جگہ، اس وقت آنے کی ہمت کی ہے؟"

دروازے کے باہر، ذراہٹ کر کھڑا جیل کا پہرے دار کانپتی آواز میں بمشکل تمام روداد بیان کر سکا۔۔۔ اس نے یہ بھی بیان کیا کہ فرید ابن سعید کا ملازم تو جیسے بالکل گنگ ہے، اس کے منہ سے تو چیخ تک نہیں نکلتی۔

سپہ سالار جفیل کا ننگا بدن غصے سے کانپنے لگا۔ پھر وہ غضب ناک آواز میں گرجا، "سپاہ کو تیار ہونے کا ہمارا حکم سنادو اور چھاؤنی کے میدان میں ہماری آمد کا انتظار کرو۔"

تلقارمس نے اشرفیاں گنیں، تھیلی میں ڈالیں اور تھیلی کو نیفے میں اڑس لیا۔۔۔ اس کا اونٹ جگالی کرتا ہوا اس کی طرف تک رہا تھا۔ تلقارمس نے سوچا، وہ قافلے کے ساتھ اگلے شہر جائے گا اور یہاں سے خریدا ہوا سامان وہاں فروخت کرے گا، پھر وہاں سے خریدا ہوا سامان اگلے شہر میں فروخت کرے گا اور وہ دن دور نہیں، جب وہ شہر شہر، بازار بازار تجارت کرتا ہوا بہت بڑا تاجر بن جائے گا اور امیر فرید ابن سعید کی طرح ایک بڑے کارواں کا مالک ہو گا، سینکڑوں اونٹ اور لاکھوں کروڑوں کا مال اسباب اس کی ملکیت

ہو گا۔

وہ اپنی خوش گوار سوچ میں غرق تھا کہ ہوا کے ایک تیز جھونکے سے دیوار کے ساتھ ٹکا رکھا اس کا غیاب زمین پر چھن سے آپڑا۔ اس کی سوچ کا سلسلہ ٹوٹا اور وہ غیاب کی طرف لپکا۔ اس نے غیاب اٹھایا۔ غیاب صحیح سلامت تھا۔ اس نے غیاب سینے سے لگایا تو اشرفیوں کی تھیلی نیفے سے پھسل کر زمین پر گر پڑی۔ اس نے جھک کر تھیلی اٹھائی تو غیاب کا گز ہاتھ سے پھسل کر زمین پر گر پڑا۔۔۔ وہ پریشان ہو گیا۔

شہر اُجانیر کا صدر دروازہ رات کو بند نہیں کیا گیا تھا۔ بہت سے تاجروں نے اپنے اونٹ شہر کے باہر فصیل کے ساتھ باندھ دیے تھے کہ کارواں چلے تو آگے جگہ پا سکیں۔ رات تھی کہ رتجگہ، رات بھر چہل پہل رہی تھی۔۔۔ رات کے پچھلے پہر مشرقی افق پر ایک ستارہ ٹوٹا اور لو دے اٹھا۔ ستارے کی بشارت پا کر فرید ابن سعید نے کوچ کا حکم دیا۔۔۔ چند ہی لمحوں میں اونٹوں کی گردنوں کی گھنٹیاں بج اٹھیں۔

آہ۔۔۔ فجر کا یہ وقت، خدائی رحمت جیسا دھندلکا، افق پر چمکتی ہوئی طلسمی آنکھ اور اونٹوں کی گردنوں میں جھولتی گھنٹیوں کے نغمے۔۔۔ تلقارمس کا جی چاہا، غیاب کی دھن پر الوداعی نغمہ چھیڑ دے۔۔۔ اس نے دھیرے دھیرے نغمہ چھیڑا۔

اے نیل کے ساحل پر کھڑے فرشتے،

الوداع!

تم ہمیں بلانا، ہم پھر آئیں گے۔

تو ہمیں رزق دیتا ہے، جتنا ہمارے مقدر میں لکھا ہے۔

تیری مٹی پر سے ہمارے اونٹوں کے

نقشِ پا کبھی مٹ نہ سکیں گے۔

اگلی صبح جب ہم صحرا میں بیدار ہوں گے،
اللہ کی حمد گائیں گے کہ اس نے ایک اور صبح ہمیں دکھائی
اور تمہیں ہم سلام بھیجیں گے۔
ہوائیں جب تمہیں ہمارا سلام دیں تو
اے اُجانیر کے فرشتے!
تو ہمیشہ کی طرح
اپنی شفقتیں ہمیں بخشنا!"

نغمہ سن، سب سوگوار ہو گئے اور یوں تاجر بچے بھرے بھرے دلوں سے اُجانیر کے صدر دروازے سے باہر نکل کر، قطار در قطار آگے بڑھنے لگے۔

اُجانیر کا گرد و نواح کہ ایک عظیم نخلستان تھا، کارواں نخلستان کی ہریالی پیچھے چھوڑ کر، سامنے پھیلے صحرا کی ریت کے لب چومنے ہی والا تھا کہ سامنے ہزاروں چمکتی ہوئی ننگی تلواریں دکھائی دیں۔۔۔ تلواریں سیلاب کی طرح کارواں کی طرف بڑھنے لگیں۔ سب حیرانی سے چند لمحوں کے فاصلے سے آتی ہوئی افتاد کو دیکھ رہے تھے لیکن کسی کی سمجھ میں کچھ نہیں آرہا تھا کہ ماجرا کیا ہے۔ آناً فاناً تلواریں اٹھیں اور تاجروں کے جسموں پر آن گریں۔۔۔ فضا میں خون کے فوارے اچھل پڑے۔

فرید ابن سعید پہلے تو کچھ نہ سمجھا لیکن پھر وہ بھید دوزخ کے دروازے کی طرح کھل گیا۔ اس نے محمل میں چھپے بیٹھے عابد کی طرف دیکھا جو مارے خوف کے دبکا پڑا تھا۔۔۔ فرید ابن سعید نے میان میں اپنی شمشیر کھینچ نکالی اور اللہ کا نام لیتے ہوئے اونٹ سے نیچے کود گیا۔ دوسرے تاجروں نے بھی تلواریں اور بھالے سونت لیے اور پھر جم کر لڑائی شروع ہوئی۔ مگر کب تک؟ تاجر بچہ گھر سے تجارت کرنے نکلتا ہے، لڑائی لڑنے نہیں۔

بہت سے تاجر شہید ہو گئے، بہت سے تاجر سپہ سالار جفیل کی فوج کے نرغے میں پھنس کر گرفتار ہو گئے، کچھ نکل بھاگے۔ نکل بھاگنے والوں میں تلقار مس بھی تھا۔ اس کی اشرفیوں کی تھیلی کہیں پھسل کر گر گئی تھی۔ وہ بمشکل اپنا غیاب بچا پایا تھا۔۔۔ فرید ابن سعید شدید طور پر مجروح ہوا اور گرفتار ہوا۔ عابد اس مسودے سمیت جس میں وقت دل کی طرح دھڑکتا تھا، پکڑا گیا۔

دربارِ عام میں زنجیروں میں بندھے جکڑے فرید ابن سعید، عابد اور یوسف کو پیش کیا گیا۔ استغاثہ نے تینوں کے جرائم کی تفصیل پیش کی۔ شاہانہ ٹھاٹ سے تخت پر سجی بیٹھی ملکہ شبر وزی نے بڑی سنجیدگی سے مقدمے کی کارروائی سنی اور پھر ملزموں سے مخاطب ہوئی، "آپ لوگ اپنی صفائی میں کچھ کہنا چاہتے ہیں؟"

دربارِ عام کھچا کھچ بھرا ہوا تھا۔ تمام امرا و وزرا بہترین لباسوں میں، چمکتی ہوئی پیشانیوں کے ساتھ موجود تھے۔۔۔ سب طرف سناٹا تھا۔

ملکہ نے قریب ہی پڑی ہوئی ایک چوکی پر رکھی ہوئی کتاب کی طرف اشارہ کرتے ہوئے پھر کہا، "ہمارے ملک کے دستور کے مطابق ملزموں کو اپنی صفائی پیش کرنے کا حق حاصل ہے۔ ہم چاہتے ہیں کہ تینوں ملزم اپنے حق کا استعمال کریں۔"

وہ کتاب کافی بھاری بھر کم تھی۔ اس کی جلد پر خون سے لتھڑے بیسیوں انگوٹھوں کے نشان تھے کہ قاعدے کے مطابق ہر حکمران کو تاج پوشی کے وقت اپنے ہی خون میں اپنے دائیں ہاتھ کا انگوٹھا ڈبو کر کتاب پر لگانا پڑتا تھا اور قسم کھانی پڑتی تھی کہ وہ ملک اور قوم کا وفادار رہے گا۔۔۔ اور اس کتاب میں سب رقم تھا کہ حاکم کو اپنی رعایا پر کس طرح حکومت کرنا ہے۔۔۔ صدیاں بیت چکی تھیں، کئی حکمران بدل چکے تھے لیکن کتاب میں لکھی ہوئی ہدایتیں ویسی کی ویسی تھیں۔ جو حاکم بھی آیا، اس نے کتاب کو الٹ پلٹ کر

دیکھا اور محسوس کیا کہ کتاب میں ایسی کوئی بات نہیں ہے جس سے اس کی اپنی ہستی خطرے میں پڑتی ہو۔۔۔

اس کتاب کی جلد کے ایک کونے میں ملکہ شبر وزی کے دائیں ہاتھ کے انگوٹھے کا نشان موجود تھا۔۔ ملکہ نے تیسری بار کہا، "دستور کے مطابق ملزم سے تین بار پوچھنا ہمارا فرض ہے۔۔۔ "آپ لوگ اپنے صفائی میں کچھ کہنا چاہتے ہیں؟"

فرید ابن سعید شدید طور پر مجروح تھا۔ وہ کچھ کہنے کے قابل نہ تھا۔ یوسف اپنے آقا اور اپنے آقا کے دوست عابد کی موجودگی میں زبان کھولنا مناسب نہ سمجھتا تھا۔۔۔ آخر عابد نے دھیرے سے گردن اونچی کی، درباریوں کو ایک نظر دیکھا، ملکہ شبر وزی کے چہرے پر نگاہیں جمائیں اور پھر سپہ سالار جفیل پر گاڑ دیں۔ پھر دستور کی کتاب کو گھورتا ہوا بولا، "اس کتاب سے انصاف کی کوئی امید نہیں۔۔۔" اس حکومت سے انصاف کی کوئی امید نہیں۔ اس نظام سے انصاف کی کوئی امید نہیں۔۔۔" سب طرف چہ میگوئیاں ہونے لگیں۔ عابد کی جسارت سے لوگ خوفزدہ ہوگئے۔

سپہ سالار جفیل اٹھ کھڑا ہوا اور غضب ناک آواز میں گرجا، "اس کتاب سے انحراف بغاوت ہے اور اس کی سزا۔۔۔"

"یہ کتاب تم جیسے سازشیوں کی رفیق ہے۔ اس میں لکھا ہوا دستور، جرائم اور سزاؤں کا احوال جب آنے والی نسلیں جانیں گی تو تمہاری ذات پر حیف کہیں گی۔۔۔" عابد کی کڑک دار آواز گونجی، "جسے تم باغی قرار دیتے ہو، وہ عوام کے لیے نہیں تمہارے لیے خطرناک ہوتا ہے۔ کیا تمہاری یہ اندھی اور بہری کتاب کسی باغی کے دل کی دھڑکن دیکھ سکتی ہے، سن سکتی ہے؟"

ملکہ شبر وزی نے ہاتھ بلند کیا تو سناٹا چھا گیا، "بزرگ عابد! اس اندھی اور بہری

کتاب ہی نے تمہیں یہ آزادی دی ہے کہ تم سرِ بازار حاکموں کو سازشی کہہ رہے ہو۔ ہماری خواہش تھی، تم اپنے جرم کا اقبال کر لیتے اور رحم کی درخواست کرتے۔۔۔ اور ہم تمہاری پرانی خدمات کے صلے میں تمہاری جان بخش دیتے۔"

"اے بدکردار عورت، تم سے بھیک میں ملی ہوئی جان مجھے قبول نہیں۔ حق اور صداقت کی راہ میں موت یقینی ہے اور ہمیں منظور ہے۔ آج ہم اس منزل پر آپہنچے ہیں جہاں زندگی مکروہ ہے، موت حسین ہے۔۔۔"

"ع آ آ آعابد۔۔۔!" ملکہ چنگھاڑی اور غصے سے کانپتی مسند سے اٹھ کھڑی ہوئی۔ سب کھڑے ہو گئے۔ سب خاموش تھے۔ کوئی سانس تک نہ لے رہا تھا۔ ایسا لگتا تھا جیسے کسی پرانے عبادت کدے میں مجسمے رکھے ہوئے ہیں۔

ملکہ شبر وزی جب دوبارہ اپنی مسند پر بیٹھی (دھیرے دھیرے سب لوگ اپنی اپنی جگہوں پر بیٹھ گئے) تو اس کی آنکھیں شعلے برسا رہی تھیں۔ اس نے بمشکل کہا، "مجرموں کو دستور کے مطابق سزا دی جائے۔۔۔"

دربار کا مہتمم آگے بڑھا۔ اس نے چوکی پر رکھی ہوئی دستور کی کتاب اٹھائی، ورق پلٹے اور ایک ورق پر لکھی ہوئی تحریر پڑھنا شروع کیا۔۔۔ "وہ جو حکومتِ وقت کے رائج کردہ قوانین پر شک کرے گا۔ انتظامیہ میں رخنہ ڈالے گا، سازش کرے گا، اسے باغی جانا جائے گا اور اسے بذریعہ سنگ باری سزائے موت دی جائے گی۔ اور ملک کا جو شہری باغی پر سنگ باری کرنے سے انکار کرے گا، اسے بھی باغی جانا جائے گا اور اسے بھی یہی سزا دی جائے گی۔۔۔"

"دربار برخواست۔۔۔!" ملکہ شبر وزی اٹھی اور دربارِ عام سے چلی گئی۔۔۔ اس کے پیچھے سپہ سالار جفیل تھا۔

ہر طرف ایک ہنگامہ برپا ہو گیا۔ وہ شور و غل تھا کہ کان پڑی آواز سنائی نہ دیتی تھی۔۔۔ سپاہ تینوں مجرموں کو دربارِ عام سے گھسیٹ لے گئی۔ مجرموں کو زنجیروں کی جھنکار شور و غل تلے دبی رہ گئی۔

اگلی صبح شہر اُجانیر کے مرکزی چوراہے پر، جس کے وسط میں بادشاہ باز فادی کا مجسمہ نصب تھا۔ زنجیروں میں جکڑے بندھے تینوں مجرموں کو لا پٹخا گیا۔۔۔ پھر شاہی منّاد نے شہر کے گلی کوچوں میں شاہی فرمان سنایا، "ملک خدا کا، حکم ملکہ کا۔۔۔ حکیم عابد و امیر فرید ابن سعید و غلام یوسف کہ جن پر انتظامیہ میں رخنہ ڈالنے، سازش اور بغاوت کرنے کا جرم ثابت ہو چکا ہے اور جنھیں بذریعہ سنگ باری سزائے موت دی گئی ہے، ملک کے عوام کے سامنے پیش ہیں۔ ہمارے ملک کی عظیم الشان روایت اور ہمارے ملک کے دستور کے مطابق خلقِ خدا خود اپنے ہاتھوں مجرموں کو سزا دے گی۔ ہر شہری کا قومی فرض ہے کہ وہ مجرموں پر سنگ باری کرے۔۔۔ حکم عدولی کرنے والے کو بھی یہی سزا دی جائے گی۔"

سپاہ لوگوں کو گھروں سے نکال رہی تھی اور مرکزی چوک کی طرف دھکیل رہی تھی۔۔۔ خدا کے تینوں نیک بندوں پر سنگ باری شروع ہو چکی تھی۔

میرے بچے اسکول سے واپس آ گئے تھے۔ میری بیوی ان کے لیے کھانا اور میرے لیے چائے بنا رہی تھی۔

میں نے مسودہ ایک طرف رکھ دیا اور آنکھیں موند لیں، یہ دستور بھی عجیب چیز ہے۔ اس دستور کے مطابق حکومت کا سارا کام کاج چلتا ہے، پھر بھی مخالف پارٹی برسرِ اقتدار پارٹی پر الزام لگاتی ہے کہ برسر اقتدار پارٹی ڈھنگ سے کام نہیں کر رہی ہے، دستور کی بے حرمتی کر رہی ہے۔ برسرِ اقتدار پارٹی یہ دلیل دیتی ہے کہ وہ جو کچھ بھی کر رہی ہے، دستور کے مطابق کر رہی ہے۔۔۔ پھر مخالف پارٹی برسرِ اقتدار پارٹی بن جاتی

ہے اور دستور کے مطابق کام کرنے لگتی ہے۔ اب پھر وہی الزام لگائے جاتے ہیں۔ یوں زندگی اسی طرح چلتی رہتی ہے۔ کہیں کوئی فرق نہیں پڑتا۔ صرف پارٹیوں کا رول بدلتا رہتا ہے۔۔۔ آخر اس دستور میں ایسی کیا بات ہے کہ ہر کام اس کے مطابق ہوتا ہے مگر عوام کے مسائل حل نہیں ہو پاتے لیکن پھر بھی ہر پارٹی کو یہ دستور قبول ہے۔۔۔ دستور کو بدلنے کو کوئی بھی تیار نہیں۔

کہیں ایسا تو نہیں، دستور صرف حکمرانوں کی سہولت کے لیے ہے؟

"آپ نے کچھ کہا؟" میری بیوی نے رسوئی گھر سے آواز دی۔

"نہیں تو۔۔۔" میں حیران ہو گیا۔ آخر میری سوچ نے جس نے آواز کا سہارا نہیں لیا تھا، میری بیوی تک کیسے پہنچ گئی؟

بازفادی سے پہلے، اس سے پہلے اور اس سے پہلے کوئی اور بادشاہ رہا ہوگا۔۔۔ جب ملکہ شبر وزی کا عہد آیا، تب بھی سب لوگ دستور کا احترام کرتے رہے۔۔۔ سارے ستم دستور کی اسی کتاب کے مطابق ڈھائے گئے۔ فرید ابنِ سعید اور عابد پر بارشِ سنگ اسی کتاب کے حکم سے ہوئی۔

تلقارمس کارواں کے چند ساتھیوں کے ساتھ آہستہ آہستہ شہر کے مرکزی چوراہے کی طرف بڑھ رہا تھا۔ اس کے ایک ہاتھ میں غیاب تھا۔ دوسرے ہاتھ سے وہ زمین پر بکھرے پڑے پتھر چن چن کر اپنے جھولے میں سمیٹ رہا تھا۔ یہ پتھر اسے اپنے محسن پر برسانا تھے۔ وہ اپنی اشرفیاں خون خرابے میں کھو چکا تھا۔ اب اس کے پاس کھونے کو کچھ باقی نہ بچا تھا۔

دھوپ میں تینوں مجرم تین کھمبوں کے ساتھ بندھے ہوئے تھے۔ ان کے جسموں پر جگہ جگہ زخم تھے۔ زخموں سے خون بہہ رہا تھا اور ان کے لباسوں کو گلزار بنا رہا تھا۔ وہ

ظلم اور سازش کے خلاف کھڑے ہوئے تھے اور ان کو حق اور صداقت کا ساتھ دینے کی سزا مل رہی تھی۔۔۔ ان پر پتھر برسانے والے اکثر مرد، بچے اور عورتیں رو رہے تھے۔۔۔ پتھر پھینکتے ہوئے ان کے ہاتھ کانپ کانپ جاتے۔ جب کسی کا پتھر مجرموں پر ٹھیک نہ بیٹھتا، اس کے جسم پر سپاہ کے کوڑے سڑاپ سے پڑتے اور وہ تیزی سے پتھر اکٹھا کرنے لگ جاتا۔ پتھر اکٹھا کرتے ہوئے کئی بار وہ مجرموں کے قریب پہنچ جاتا اور سہمی ہوئی نظروں سے ان کی طرف دیکھتا۔ غیر متوقع طور پر ان کی آنکھوں میں خوف کے برعکس فرشتوں کی شفقت دکھائی دیتی۔ ان کی آنکھیں کہہ رہی ہوتیں، "تیرا شکریہ عزیز من! تو ہماری موت کو نزدیک لا رہا ہے اور ہمیں اس عذاب سے رہائی دلا رہا ہے۔" اور پتھر اکٹھا کرنے والا چھلکتی ہوئی آنکھیں لیے بھاگ کر وہاں لوٹ آتا جہاں سے اسے پتھر برسانا ہوتے۔

تلقارمس جب وہاں پہنچا، اس کا دل یہ منظر دیکھ بھر آیا۔ اس نے اپنے جھولے میں سے پتھر نکالنے کے لیے ہاتھ ڈالا تو اس کی ماں کا چہرہ اس کی نظروں میں گھوم گیا۔ اس کی ماں نے اس کے ہاتھ میں غیاب تھماتے ہوئے کہا تھا، "خدا کی رحمتیں، میرے بچے، ہمیشہ تیرے ساتھ رہیں۔ تو مغنی ہے اور یہ تیرے مرحوم باپ کا غیاب ہے۔ تیرے باپ کے گلے میں اللہ نے وہ سوز پیدا کیا تھا کہ پتھر بھی پگھل جاتے تھے۔ ایک دن تیرے باپ کا گلا اس لیے کاٹ دیا گیا کہ وہ ایک امیر کے مظالم کے خلاف نغمہ سراپا ہوا تھا۔ تب تو بہت چھوٹا تھا میرے بچے! آج کہ تو غیاب تھامنے کے قابل ہو گیا ہے، جا اور اپنے باپ کا ادھورا کام پورا کر۔۔۔ گھر سے باہر نکل کر، گھر کی طرف پشت کر کے پیچھے کی طرف سات پتھر اپنے آنگن میں پھینک دینا کہ تمہیں گھر کی یاد نہ ستائے اور اللہ کی یاد ہمیشہ خون کی طرح تمہاری رگوں میں دوڑتی رہے۔۔۔" اس نے غیاب تھام لیا تھا اور ماں کے پاؤں کو بوسہ

دیتے ہوئے وعدہ کیا تھا کہ وہ ظالم کے لیے نہیں، مظلوم کے لیے اپنے غیاب کے تار چھیڑے گا۔

"کیا وہ اپنا وعدہ پورا کر رہا ہے؟" وہ چونکا اور فوراً ہی اس کا سر شرم سے جھک گیا۔ اس کا ایک ہاتھ کہ جھولے میں سے پتھر نکالنے کے واسطے داخل ہوا تھا، خالی باہر نکلا۔۔۔ اس نے غیاب کا گز سنبھالا اور اب جو اس نے سر اٹھایا، اس کے ہونٹوں پر غلاموں کا ترانہ تھرک رہا تھا، ایک اسم کی طرح جس میں بلا کی طاقت تھی۔

"خدایا تو نے مجھے ہاتھ عنایت فرمائے،
تیرا شکریہ!
ہاتھوں کو تو نے زنجیریں بنانے کا حکم دیا،
تیرا شکریہ!"

لوگ دھیرے دھیرے اس کے گرد اکٹھا ہونے لگے اور رفتہ رفتہ اس کی آواز کے ساتھ آواز ملا کر گانے لگے۔

"لیکن یہ مجھے کون گھسیٹ رہا ہے خدایا؟"

تلقارمس نے تان اونچی اٹھائی اور نادانستہ طور پر جھولے میں سے پتھر نکال کر قریب کھڑی سپاہ پر پھینک دیا۔۔۔ ہزاروں پتھر سپاہ پر برسنے لگے۔۔۔

"یہ کوڑے کیا تیرے حکم سے برسائے جا رہے ہیں؟"

اس نے تان اور اونچی اٹھائی۔ لوگ جوش میں تھر تھر کانپنے لگے۔۔۔ ہزاروں لاکھوں پتھروں کی بارش میں سپاہ کے کوڑوں کی سڑاپ اور تلواروں کی دھار کسی کام نہ آئی اور ظالم سپہ سالار کی سپاہ لہولہان ہو کر محل کی طرف بھاگنے لگی۔

"تو اپنے زیور واپس لے لے اور مجھے

میرے ہاتھ دے دے،

تیرا شکریہ!"

لوگوں میں عجیب ناقابل بیان جوش بیدار ہو گیا تھا۔۔ محل کے دروازے بند کر دیے گئے۔ سارے چھوٹے بڑے حاکم محل کے اندر تھے اور سارے محکوم محل کی چار دیواری کے باہر بڑے دروازے پر کھڑے اونچی آواز اور اونچے سروں میں گا رہے تھے،

"تو اپنے زیور واپس لے لے اور مجھے

میرے ہاتھ دے دے،

تیرا شکریہ!"

محل کے اندر ایک سراسیمگی پیدا ہو گئی تھی۔ مٹھی بھر مسلح سپاہ نے ہزاروں لوگوں اور لاکھوں پتھروں کے سامنے جانے سے انکار کر دیا تھا۔۔ ملکہ شبروزی نے چوکی پر رکھی دستور کی کتاب پر اپنے خون میں رنگے انگوٹھے کے نشان کو دیکھا اور مسکرائی اس نے قریب کھڑے سپہ سالار جفیل کی طرف دیکھا اور دوسرے ہی پل بڑھ کر سپہ سالار جفیل کی کمر سے بندھی ہوئی میان میں سے تلوار کھینچ لی اور اپنے ذاتی محافظ کو حکم دیا کہ جفیل کو گرفتار کر لیا جائے۔

تلقارمس جب شہر کے مرکزی چوراہے میں بندھے ہوئے ان تین مجرموں کے قریب گیا، اس نے دیکھا وہ دم توڑ چکے ہیں۔۔ ان کے لہولہان چہروں پر عجیب ملکوتی مسکراہٹیں تھیں۔

تلقارمس نے ان کے قریب بیٹھ کر ایک بار پھر غلاموں کا ترانہ چھیڑا اور لوگوں نے روتے روتے ان کے مردہ جسموں کو زنجیروں سے آزاد کر دیا۔۔ تینوں مجرم نہ رہے

تھے۔

"تیرا شکریہ! تیرا شکریہ! تیرا شکریہ!"

سورج غروب ہونے سے پہلے محل کا دروازہ آہستہ آہستہ کھلا۔۔۔ ملکہ شبروزی کے ہاتھ میں سفید جھنڈا تھا۔ آگے پیچھے امرا، مشیر اور وزرا تھے۔ مٹھی بھر مسلح سپاہ کے بیچ زنجیروں میں بندھا جکڑا، زخمی اور نڈھال جفیل تھا۔

لوگوں نے جو اک ہجوم کی صورت اکٹھا تھے، ملکہ کو دیکھا اور آپ سے آپ دائیں بائیں ذرا دبنے سمٹنے لگے۔ ہجوم کے درمیان آپ سے آپ راہ بنتی چلی گئی۔۔۔ ملکہ شبروزی شہر کے مرکزی چوراہے کی طرف بڑھی جہاں تلقارمس تین آزاد مردہ جسموں کے پاس غیاب بجارہا تھا اور نغمہ سرا تھا۔

ملکہ شبروزی نے مٹھی بھر مسلح سپاہ کو حکم دیا کہ تمام ہتھیار مغنی تلقارمس کے قدموں میں ڈال دیے جائیں۔ چند ہی لمحوں میں گم سم تلقارمس کے قریب ہتھیاروں کا ڈھیر لگ گیا۔ اس نے بھیگا ہوا، غم میں ڈوبا ہوا چہرہ اٹھایا اور ملکہ شبروزی کی طرف دیکھا۔۔۔ ملکہ پلکیں جھپکائے بنا اسے تک رہی تھی۔۔۔ دونوں کی نظریں چار ہوئیں۔ تلقارمس کو محسوس ہوا، اس کا غمزدہ دل پھڑ پھڑا رہا ہے۔

ملکہ شبروزی نے تھرتھرائی ہوئی آواز میں کہنا شروع کیا، "اے مغنی! میں اپنے کیے پر نادم ہوں۔ میری عقل پر پتھر پڑ گئے تھے۔ عوام اور تیرے مجرم کو میں نے اب پہچانا ہے۔۔۔ جس شخص نے ظلم ڈھائے، میں اسے تیرے حوالے کرتی ہوں۔ انصاف تیرے ہاتھ میں ہے۔۔۔ میں مجبور تھی، میری زبان پر تالے لگا دیے گئے تھے لیکن آج میں یہ راز افشا کرتی ہوں کہ میرے خاوند مرحوم بادشاہ بازفادی کو سابقہ سپہ سالار جفیل کی ایما پر ہی قتل کیا گیا تھا۔۔۔ حکومتِ اُجانیر کی پرانی مجلسِ مشاورت توڑی جاتی ہے۔۔۔

میں صدق دلی سے اعلان کرتی ہوں کہ اُجانیر کے عوام، میری رعایا اپنے جن نمائندوں کو چنے گی، میں ان کی مدد اور مشورے سے حکومت کروں گی۔۔۔ میں نے داروغۂ جیل کو سپہ سالار مقرر کیا ہے جو دراصل اس عہدے کا صحیح حقدار تھا اور اس کی حق تلفی ہوئی تھی۔۔۔ اے مغنی! آج تو نے، تیرے نغمے نے اُجانیر کے عوام ہی کو نہیں، مجھے بھی ظلم اور ناانصافی کے عہدے نجات دلائی ہے۔ میری اور میری رعایا کی نظروں میں تیرا بہت احترام ہے۔۔۔"

ملکہ شبر وزی وہیں زمین پر گھٹنوں کے بل بیٹھ گئی اور اس نے تلقارمس کے سامنے سر خم کر دیا۔

لوگوں کا ناقابل بیان جوش جو ملکہ شبر وزی کے ہاتھ میں سفید جھنڈا دیکھ کر تھم سا گیا تھا، اب ملکہ کی تھرتھراتی ہوئی آواز اور جھکے ہوئے نادم سر کو دیکھ کر پھر بپھر پڑا۔

"ہمارا مغنی، زندہ باد!"

"ملکہ شبر وزی، زندہ باد!"

فرید ابن سعید، عابد اور یوسف کے آزاد مردہ جسموں کو نہایت احترام کے ساتھ شاہی قبرستان میں دفن کر دیا گیا۔

جفیل کو ایک ستون کے ساتھ باندھ دیا گیا۔۔۔ وہ رات بھر کراہتا رہا اور انصاف کا انتظار کرتا رہا۔

رات بھر اُجانیر بیدار رہا۔

صبح دربار لگا۔ ملکہ شبر وزی تخت پر سجی بیٹھی تھی۔ برابر کی نشست پر تلقارمس بیٹھا تھا۔ اس کا غیاب نشست کی پشت کے ساتھ ٹکا ہوا تھا۔ وزرا اور مشیروں کی نشستیں خالی تھیں۔

اتفاقِ رائے سے عوام نے تلقار مس کو وزیر اعلیٰ چنا اور اسے اپنے مشیر چننے کا حق دیا۔

تلقار مس نے شہر اُجانیر کے تیرہ نہایت معتبر لوگوں کا انتخاب کیا۔۔۔ سب مسکراتے ہوئے چہرے لیے خالی نشستوں پر جابیٹھے۔ دربار تالیوں اور نعروں سے گونجنے لگا۔

سب تعظیم سے کھڑے ہوئے اور سب نے دستور کا وفادار رہنے کی قسم کھائی۔

نئ حکومت کا پہلا کام جفیل کا مقدمہ تھا۔۔۔ زنجیروں میں جکڑے ہوئے جفیل کو پیش کیا گیا اور دستور کے مطابق حکم پڑھا گیا کہ اس کا سر تن سے جدا کر دیا جائے۔

جفیل نے حکم سنا اور اپنی سرخ آنکھیں ملکہ شبروزی کے رنگ بدلتے چہرے پر گاڑ دیں۔۔۔ چند لمحوں کے بعد اس نے پھنسی پھنسی آواز میں کہا، "کتیا!" اور حقارت سے فرش پر تھوک دیا۔

اُجانیر کا وہ دن نجات کا دن تھا، اس دن کی رات آزادی کی رات تھی اور اسی طور منائی گئی۔ دریائے نیل میں سینکڑوں جلتے ہوئے چراغ بہائے گئے۔ بھٹیار خانوں میں تمام رات گوشت بھنتا رہا اور لوگوں نے ایک دوسرے پر شرابیں انڈیل دیں۔

اُدھر محل میں جشن کا رنگ ہی کچھ اور تھا۔۔۔ تمام امرا، وزرا اور عہدے دار رات بھر دادِ عیش دیتے رہے۔۔۔ اور جب ہر شخص ترنگ میں تھا، آس پاس سے بے خبر تھا اور چاند آسمان کے بالکل وسط میں تھا، ملکہ شبروزی نے تلقار مس کا ہاتھ تھام کر دل گرماتی ہوئی بھنچی بھنچی آواز میں کہا، "آؤ تمہیں دکھاؤں، ہمارا اُجانیر اور اس کا گرد و نواح اور اس پر جھکا ہوا آسمان کتنا حسین ہے۔۔۔"

تلقار مس آپ سے آپ ملکہ کے ساتھ کھنچتا چلا گیا۔۔۔ غلام گردشیں، زینے۔۔۔

زینہ کھنچتا کھنچتا وہ محل کی چھت پر پہنچ گیا۔ ملکہ اسے محراب کے نیچے کھینچ لے گئی۔

یہی محراب اس نے محل کے نیچے سے، محل کے باہر سے بھی دیکھی تھی۔ باہر سے اس نے جب بھی محل دیکھا تھا، اسے بہت خوبصورت لگا تھا۔۔۔ چاند آسمان کے بالکل وسط میں تھا۔ اسے دھیان آیا، جب وہ فرید ابن سعید کے قافلے کے ساتھ شہر اُجانیر میں وارد ہوا تھا، اس رات سب نے چاند دیکھا تھا اور کہا تھا کہ یہ نیک فال ہے۔۔۔ محل کی چھت پر جھکا ہوا آسمان۔ آسمان کے وسط میں چاند، نیچے شہر، پیڑ اور چاندی کی لکیر سا دریائے نیل، مکان اور مکانوں کے سائے۔ جی تڑپے کہ عمرِ جاودانی مل جائے! محل کی یہ چھت، یہ محراب، یہ منظر۔۔۔ حسن کی یہ تصویر کشی۔۔۔

"کیا تم میرے لیے ایک نغمہ گاؤ گے؟"

سکوت میں سے دھیرے سے ابھرتی آواز نے تلقارمس کو چونکا دیا۔ اس نے تعجب سے ملکہ شبر وزی کی طرف دیکھا۔۔۔ اسے ملکہ شبر وزی حسن کی تصویر کشی کا بھید محسوس ہوئی۔ وہ بمشکل کہہ سکا، "میرا غیاب۔۔۔؟ میرا نغمہ۔۔۔!"

ملکہ شبر وزی نے ایک ہاتھ سے تلقارمس کا ہاتھ تھام رکھا تھا اور اس کے دوسرے ہاتھ میں پشت سے لگا ہوا تلقارمس کا غیاب تھا، "تمہارا غیاب مجھ سے جدا نہیں۔۔۔ یہ لو!" اس نے بڑی پرکشش آواز میں کہا۔

تلقارمس نے کانپتے ہاتھوں سے غیاب تھاما، اس کے تاروں پر گز پھیرا اور پھر نغمہ اسے لے اڑا۔

"میں کہاں ہوں، یہ لگن کیا ہے!
تم ہی کہو، یہ مژدہ بہار ہے؟
بھٹکتا، ٹھوکریں کھاتا

منزل پر پہنچا ہوں،
مگر یہ انتظار کے فاصلے کیسے ہیں؟
کتنے دردناک لمحے ہیں!"

غیاب کی دھن، نغمے کے بول، سکوت کو چیرتی ہوئی حسرت بھری آواز۔۔ تلقارمس آسمان میں کہیں کھو گیا۔ اپنے ہونے نہ ہونے کا، چاند اور گنبدوں کا، برجیوں کے سایوں کا، اسے کسی کے وجود کا احساس نہ رہا۔ دھیرے دھیرے اس کی حسرت بھری آواز غیاب کی دھن اک انجانی تھکن اک انجانی نیند میں ڈوب گئی۔۔۔ جب وہ بیدار ہوا، اس کے لبوں پر ملکہ شبروزی کے شہوانی لب پیوست تھے، "اتنا دل پذیر نغمہ میں نے آج تک نہیں سنا ہے۔۔۔ یہ رس بھرا بوسہ میری قدردانی ہے۔۔۔ عورت جب کسی کی قدر کرتی ہے، یہی لازوال سوغات دیتی ہے۔۔۔"

ابھی تلقارمس نہ سنبھل پایا تھا، نہ کچھ سمجھ سکا تھا، ملکہ شبروزی زینوں میں کہیں اوجھل ہو گئی۔

میری بیوی اور بچے بڑے انہماک سے داستان سن رہے تھے کہ یہ داستان کا بڑا خطرناک موڑ تھا، میں نے دیکھا، ان کے چہرے قدرے زرد پڑ گئے ہیں اور ان کے ہونٹ سوکھ سے گئے ہیں۔ ان کی آنکھوں کی چمک ماند پڑ گئی تھی۔۔۔ وہ داستان میں کھوئے ہوئے تھے۔

اُجانیر میں ملکہ شبروزی کی سرپرستی میں نئی حکومت قائم ہوئے کئی مہینے گزر چکے تھے۔ حکومت کا کام کاج بڑی خوش اسلوبی سے، لوگوں کی خواہش کے مطابق چل رہا تھا۔۔۔ ملکہ شبروزی اور تلقارمس راتوں کو شہر کے گلی کوچوں اور بازاروں میں گھومتے اور دیکھتے بھالتے، کوئی سردی سے ٹھٹھر تو نہیں رہا، کوئی بھوکا تو نہیں سو گیا۔

تلقارمس نے سوچ رکھا تھا، شہر اُجانیر میں ایک کتا بھی بھوک سے مر گیا تو اس کی ذمہ داری میری ہو گی۔

ملکہ کا دن رات کا ساتھ تلقارمس کو اندر ہی اندر سلگا رہا تھا۔ وہ اس احساس کو کوئی نام نہ دے پارہا تھا لیکن وہ جانتا تھا کہ وہ ملکہ کے لیے تڑپ رہا ہے اور وصال ہی سے اس کے اندر کی آگ بجھ سکتی ہے۔

ملکہ شبروزی تلقارمس کی ذہنی حالت سے باخبر تھی۔۔۔ وہ طرح طرح سے اس کی آگ بھڑکاتی۔ کبھی کبھی وہ دانستہ بے خبری برتتے ہوئے اپنا جسم تلقارمس کے سلگتے ہوئے جسم سے مس کرتی اور پھر یوں الگ ہو جاتی جیسے کچھ ہوا ہی نہ ہو۔ تلقارمس لمس کی حدت لیے تڑپتا رہ جاتا۔۔۔ وہ اب ملکہ سے آنکھ ملا کر بات کرنے کے قابل بھی نہ رہا تھا۔

تنہائی کے اداس لمحوں کی شدت سے اس کا سر گھوم جاتا اور وہ دھیان ہی دھیان میں ملکہ شبروزی کے برہنہ جسم کی اٹھانیں چومتا، گولائیاں چاٹتا، ایک ایک عضو پر بوسے دیتا۔۔۔ آخر اسے دھیان کی دنیا سے لوٹنا پڑتا۔ اس کا جسم اینٹھ کر ٹوٹ چکا ہوتا۔

اب اس کے نغمے ملکہ کے حسن کا چرچا تھے لیکن ملکہ شبروزی نے کبھی وہ مرحلہ آنے ہی نہ دیا کہ وہ نغمے گوش گزار کر سکتا۔ وہ ہمیشہ کام کاج کی زیادتی کے بہانے ٹل جاتی اور تلقارمس شکست خوردگی کے احساس میں ڈوب جاتا۔

ایک شب انہیں شہر نوردی کے لیے نکلنا تھا۔۔۔ ملکہ نے دربار میں بنا اس کی طرف دیکھے اسے کہا تھا۔۔۔ وہ ملکہ کو ساتھ لینے کے واسطے گیا۔ ملکہ اسے کہیں دکھائی نہ دی۔ کہیں کوئی کنیز بھی نظر نہ آرہی تھی کہ پوچھ پاتا۔ وہ سیدھا اندر چلا گیا۔ اس کا دل دھک کر کے رہ گیا۔ ملکہ کے انگ انگ کا لباس قدم قدم بکھرا پڑا تھا۔۔۔ اس کے رکتے بڑھتے بے قابو قدم اسے حمام تک کھینچ لے گئے۔

ملکہ شبر وزی حمام کے چوبچے میں برہنہ بدن نہا رہی تھی۔۔۔ اس کے پاؤں پتھر ہو گئے۔ وہ جہاں رک گیا تھا، وہیں کا ہو رہا۔۔۔ وہ جسم جو اس کی آنکھوں کے سامنے تھا، اس جسم سے کہیں زیادہ خوبصورت تھا جسے اس نے اپنے دھیان میں چوما تھا، چاٹا تھا اور جس کے ایک ایک عضو پر ہزار ہزار بوسے دیے تھے۔

وہ کب تک وہاں کھڑا رہا۔ اسے کچھ خبر نہ تھی۔

چونکنے کے بعد وہ اپنے آپ میں آیا تو ملکہ شبر وزی کہہ رہی تھی، "وزیر اعلیٰ اور ملکہ کے حمام میں؟ کیا یہ مناسب ہے۔۔۔؟"

وہ کچھ نہ کہہ سکا۔ اس نے ملکہ کے چہرے کی طرف دیکھا۔ عجیب شرارت بھری مسکراہٹ تھی ملکہ کے چہرے پر۔ اس نے پھر کچھ کہنا چاہا مگر کچھ نہ کہہ سکا۔ پشیمانی میں اس نے نظریں نیچی کر لیں۔

ملکہ نے ہلکا سا قہقہہ اس کی طرف اچھال دیا اور۔۔۔ تلقار مس نے ملکہ کو انگ انگ لباس پہنتے دیکھا۔

کپڑے پہن، بن سنور وہ باہر نکل گئی۔۔۔ وہ لپکا۔ دونوں محل کی غلام گردشوں سے ہوتے ہوئے بڑے دروازے کے راستے باہر نکل گئے۔

اس رات ملکہ کے قدم شہر کی طرف نہ اٹھے۔ وہ کھجور کے جنگل سے ہو کر مرحوم عابد کے ویران گھر کی طرف نکل گئی۔ تلقار مس سائے کی طرح ساتھ لگا رہا۔

ان کے قدموں کی آہٹ سے قرطونی کے پیڑ پر ایک چیل چیخی اور آسمان کی سمت اڑنے لگی۔

ملکہ شبر وزی مارے خوف کے تلقار مس کی بانہوں میں آن گری اور گہرے لمبے سانس لینے لگی۔۔۔ سانس درست کرنے کے بعد ذرا مچلتے ہوئے بانہوں کے حلقے سے نکلنے

لگی تو تلقارمس نے ڈوبتی ہوئی آواز میں کہا، "میں مر جاؤں گا شب۔۔۔"

"کیا ہوا میرے محترم وزیر اعلیٰ؟"

"نہیں۔۔۔ نہیں۔۔۔ وزیر اعلیٰ نہیں۔۔۔ خادم تمہارا خادم۔۔۔"

ملکہ شبر وزی ہلکا سا قہقہہ فضا میں گونج پیدا کر گیا۔۔۔ تلقارمس کو محسوس ہوا، چیل پھر چیخی ہے، لیکن نہیں۔۔۔

"شبر وزی۔۔۔"

"مجھے حاصل کرنا چاہتے ہو؟"

"شب رو۔۔۔"

"صلہ کیا دوگے؟"

"تمہارا حکم شبر وزی، تمہارا حکم۔۔۔"

"دنیا میں سب سے زیادہ کیا عزیز ہے تمہیں۔۔۔ میرے علاوہ؟"

"ماں اور غیاب۔۔۔"

"میں غیاب مانگ کر تمہارے دل پذیر نغمے نہیں چھیننا چاہتی جو مجھے جان سے بھی زیادہ عزیز ہیں۔۔۔ کیا تم میرے لیے اپنی ماں کا دل نکال کر لا سکتے ہو؟"

"کیا۔۔۔؟" تلقارمس چونکا اور اس کی بانہو کا حلقہ کھل گیا۔

"زندگی میں کچھ پانے کے لیے کچھ کھونا بھی پڑتا ہے۔۔۔ جس دن یہ بات سمجھ میں آجائے، چلے آنا۔۔۔" ملکہ شبر وزی نے کہا اور تیزی سے اندھیرے میں غائب ہو گئی۔

تلقارمس جب اپنے گاؤں کے قریب پہنچا۔ گہری سیاہ رات میں سب کچھ ڈوب چکا تھا۔ گاؤں کے باہر کا ٹیلہ، شیشم کے درخت، مکی کی کھیتیاں، کپاس کے پودے، پگڈنڈیاں، کنواں اور ان کے کچے مکانوں میں اس کا اپنا مکان جہاں ایک بوڑھی فرشتہ

سیرت عورت اپنے خاوند کی روح کے سکون کی خاطر اور اپنے بچے کی کامیابی اور شادمانی کے لیے تسبیح کے دانے گنتے گنتے سوگئی تھی۔

تلقار مس اور اس کا گھوڑا پسینے میں بھیگے ہوئے تھے اور بری طرح ہانپ رہے تھے۔ گہری سیاہ رات میں گھوڑا عین ہمارے گھر کے سامنے رکا تو مکان کے اندر سے آواز آئی، "آئی میرے بچے! میں کب سے تمہارا انتظار کر رہی تھی۔۔۔"

تھکے ہارے تلقار مس کو ماں کے قدموں کی چاپ سنائی دی اور پھر دروازہ کھل گیا۔۔۔ جب اس نے چوکھٹ کے اس طرف آنگن میں قدم رکھا، اسے محسوس ہوا، وہ رحمتوں کی آغوش میں پہنچ گیا ہے۔

ماں نے دروازے کے باہر ہانپتے ہوئے گھوڑے کو دیکھا، تھکے ہارے بیٹے کو دیکھا۔۔ ۔غیاب کہیں نظر نہ آیا تو چپ چاپ سر جھکائے اس کمرے میں گئی جس میں چراغ روشن تھا۔

ماں اور بیٹے دونوں نے ایک دوسرے سے کچھ نہ کہا۔

ماں نے دستر خوان بچھایا اور اس پر دنیا کی نعمتیں چن دیں۔ پانی سے بھری صراحی قریب ہی رکھنے کے بعد وہ باہر چلی گئی۔۔۔ گھوڑے کے سامنے چارہ ڈالا اور پانی سے بھرا بڑا سا آب خوردہ رکھا۔

تلقار مس کھانے سے فارغ ہوا تو اس نے دیکھا، نرم اور آرام دہ بستر لگا ہوا ہے۔ بستر پر پڑتے ہی اسے نیند آگئی۔۔۔ خواب میں اس نے ملکہ شبر وزی کے ساتھ جماع کیا۔ صبح دیر بعد اس کی آنکھ کھلی تو اس نے خود کو تازہ دم پایا۔۔۔ گھوڑا بھی تازہ دم تھا۔

رات آئی اور جب وہ سونے کی تیاری کرنے لگا تو ماں نے ایک آب دار خنجر اس کے سرہانے رکھتے ہوئے کہا، "لوہا سرہانے رکھ کر سوئیں تو برے خواب نہیں آتے۔۔۔"

تلقارمس کانپ اٹھا۔

نیند کوسوں دور تھی۔۔۔ آدھی رات ہوئی تو اسے ماں کے خراٹوں کی آواز سنائی دی۔ وہ آہستہ سے اٹھا۔ سرہانے سے خنجر اٹھاکر اندھیرے میں ماں کی طرف بڑھا۔ بائیں ہاتھ کی انگلیوں سے ماں کی بائیں چھاتی ٹٹولی اور دائیں ہاتھ سے خنجر کا بھرپور وار کیا، "اللہ تمہاری مرادیں پوری کرے۔۔۔" ماں کے منہ سے دعا نکلی۔

اُجانیر کی طرف منہ کیے صحرا میں سرپٹ بھاگتے ہوئے گھوڑے کی باگ تلقارمس کے دائیں ہاتھ میں تھی اور بائیں ہاتھ میں ایک تھیلی تھی جس میں اس کی ماں کا دل تھا جو ابھی تک دھڑک رہا تھا۔۔۔ شہر کے قریب پہنچتے پہنچتے تڑکا ہوگیا۔ ایک نالہ پھلانگتے ہوئے گھوڑا بے دم ہوگیا یا تلقارمس توازن کھو بیٹھا، دونوں نالے کے اس طرف دھڑام سے جاپڑے۔ تلقارمس سنبھل کر اٹھنے لگا تو قریب ہی گری پڑی تھیلی سے ماں کے دل کی آواز آئی، "میرے بچے! کہیں چوٹ تو نہیں لگی۔۔۔"

تلقارمس کا دل درد سے بھر گیا اور وہ بچوں کی طرح بلک بلک کر رونے لگا۔

تلقارمس اور ملکہ شبروزی کی شادی دھوم دھام سے ہوئی۔ دور نزدیک کے ملکوں کے بادشاہ، شہزادے اور شہزادیاں، سب شادی میں شریک ہوئے۔۔۔ رات سیاہ تھی مگر شہر میں وہ چراغاں ہوا کہ رات دن سے اجلی اور روشن ہوگئی، برسوں کی جمع کی ہوئی چربی صرف ہوگئی۔ تمام جانور دعوتوں کی خاطر ذبح کردیے گئے۔ نان حلوے کے لیے سرکاری مال خانے کا دانہ دانہ کام آگیا۔ درودیوار اس طور سجائے گئے کہ نخلستان کے تمام پیڑ ٹنڈ منڈ ہوگئے۔ مہمانوں کو اتنے تحائف دیے گئے کہ سرکاری خزانہ خالی ہوگیا۔۔۔ اور شبِ وصل کے لیے ایسا حجلہ عروسی بنایا گیا کہ چمن میں ایک پھول تک نہ رہا۔

شب وصل کے بعد کی صبح تلقارمس نے مہمانوں کی موجودگی میں اپنے دائیں ہاتھ کا

انگوٹھا ذرا کاٹ کر اور اپنے خون میں رنگ کر دستور کی کتاب کی جلد پر لگایا۔۔۔اس رسم کے بعد مہمان رخصت ہوئے تو شہر اُجانیر ایک لٹا ہوا شہر تھا اور۔۔۔اور اس شہر کا بادشاہ مغنی تلقارمس تھا۔

پہلے تو وہاں قحط پڑا، پھر وبا پھوٹ پڑی اور دریائے نیل کے کنارے فرشتے کی طرح کھڑا شہر اُجانیر زخمی نڈھال اور معمر نظر آنے لگا۔

سرکاری اور شاہی اخراجات پورا کرنے کے لیے طرح طرح کے محصول لگائے گئے۔ لوگ یہ سوچ سوچ کے حیران اور پریشان تھے کہ یہ سب اس شخص کے حکم سے ہو رہا ہے جس نے انھیں ظالم جفیل سے نجات دلائی تھی۔ اور اس بات پر بھی متحیر تھے کہ ان کے چنے ہوئے تیرہ نمائندوں پر مشتمل مجلسِ مشاورت کو کیا ہوا؟

مجلس مشاورت تو اسی دن ٹھکانے لگا دی گئی تھی جس دن ملکہ شبروزی کی فرمائش پر تلقارمس اپنی ماں کا دل نکالنے کے لیے روانہ ہوا تھا۔ مشیروں کی جگہ ان کے مجسمے نشستوں پر رکھ دیے گئے تھے۔ مجسموں کی گردنیں بانس کی کھپچیوں پر لگی ہوئی تھیں۔ ہوا چلتی تو گردنیں اس طرح ہلتیں گویا حامی بھر رہی ہوں۔

تلقارمس تو پہلے ہی ملکہ شبروزی کے جسم کی چاہت میں تڑپ تڑپ کر دل و دماغ کھو چکا تھا، اب تو اسے وہ جسم مہیا تھا اور وہ اس جسم میں بری طرح غرق ہو چکا تھا۔

اور اب ملکہ شبروزی اسی طرح من مانی کر رہی تھی جس طرح وہ بادشاہ بازفادی اور سپہ سالار جفیل کے زمانے میں کرتی تھی۔

اور عوام سوچ سوچ کر تھک ہار بیٹھے، ان کے مقدر میں یہی کچھ ہے۔ اللہ کو یہی منظور ہے۔ حکومت کے عمل دخل میں ہم لوگوں کی تکلیف کے کوئی معنی نہیں۔۔۔ وگرنہ اپنا مغنی تلقارمس غیاب کی دھن پر وہ نغمہ چھیڑتا کہ محلوں کی دیواریں کانپ

اٹھتیں۔

خدا خدا کر کے ایک برس بیتا۔ ٹنڈ منڈ پیڑوں پر پھر سے پتیاں نظر آنے لگیں۔ نخلستان میں پودوں کے دامن کو نپلوں سے بھرنے لگے۔ کھیتوں میں پھر سے خوشے سر اٹھانے لگے۔ اُجانیر کی فضا پھر سے پر امید نظر آنے لگی۔ تاجروں کے قافلے اور کارواں پھر سے ادھر اُدھر کا رخ کرنے لگے اور پھر سال کا سب سے بڑا بازار لگنے کی تیاری شروع ہوئی۔۔۔ اس بار دریائے نیل کا پانی مٹیالا تھا اور اس کا بہاؤ بھی تیز تھا۔

امیر فرید ابن سعید کا بھانجا قاسم بن ہدا تاجروں کے سب سے بڑے قافلے کا سالار تھا۔ اس کا قافلہ اُجانیر کا رخ کیے ہوئے تھا۔ وہ اپنے مرحوم ماموں کی قبر پر دعا بھی پڑھنا چاہتا تھا۔

قافلے شہر کے صدر دروازے کے باہر فصیل کے ساتھ ساتھ اترنے لگے۔ قاسم بن ہدا کا قافلہ بھی وہیں اُترا۔

اس رات قاسم بن ہدا کے حکم سے بہت بڑا الاؤ جلایا گیا۔۔۔ الاؤ کے گرد لوگ اکٹھا ہوئے تو قاسم بن ہدا نے غیاب سنبھالا اور غلاموں کا نغمہ چھیڑ دیا (یہ قاعدے کے خلاف تھا)۔

"تیرا شکریہ!
تیرا شکریہ!"

چاند محل کی محراب کے اوپر تھا اور الاؤ کے گرد لوگ دیوانہ وار ناچ رہے تھے۔

ملکہ شبر وزی کے حکم سے محل کی کھڑکیاں اور سب دروازے بند کر دیے گئے کہ آواز منتظر کانوں تک راہ نہ پا جائے۔

تلقار مس نشے میں تو تھا مگر ابھی اس نے ہوش و حواس نہیں گنوائے تھے۔۔۔ نیم

برہنہ سی ملکہ شبر وزی تلقارمس کے رُوبرو کچھ اس طور آن کھڑی ہوئی، جسم کو خم دیے ہوئے کہ اس کا حلق سوکھ گیا، لب خشک ہو گئے اور خشک لبوں پر سوکھی زبان پھرنے لگی۔۔۔ نیم برہنگی سے برہنگی تک پہنچتے پہنچتے ملکہ شبر وزی نے جیسے زمانے گزار دیے۔ پھر اس نے بڑھ کر بھرپور جام بنایا اور جام تھامے تلقارمس کے سامنے دراز ہو گئی۔ چند ہی ساعتوں کے بعد ایک ہاتھ سے اس نے جام اپنے گول، رس بھرے، نوکیلے پستانوں کے بیچ تھام کر دوسرے ہاتھ کی انگلی جام میں ڈبو کر، بھگو کر پستانوں کی مرجھائی ہوئی کلیاں تر کیں۔ کلیاں جیسے جاگ گئیں۔۔۔ اس رات ملکہ شبر وزی اپنے جسم کے ہر حصے پر جام کے جام لنڈھاتی رہی اور تلقارمس ملکہ شبر وزی کے جسم سے قطرہ قطرہ شراب پیتا رہا۔۔۔ وہ بہت مسرور تھا۔ اس کا دل مسرت سے بھر گیا، اس سے زیادہ سکون بھلا زندگی میں اور کہاں ملے گا؟ اور بے اختیار اس کے منہ سے نکل گیا، تیرا شکریہ!

قاسم بن ہدا مستی کے عالم میں غیاب بجاتا ہوا گا رہا تھا۔ الاؤ کے گرد لوگ دیوانہ وار ناچ رہے تھے۔

"تیرا شکریہ!

تیرا شکریہ!"

تلقارمس کی آغوش میں ملکہ شبر وزی کا سونے میں ڈھلا ہوا جسم تھا۔ سارے میں دھند لکا تھا۔ دور ایک کونے میں مدھم سی قندیل جل رہی تھی۔۔۔ اس نے ایک بار پھر ملکہ شبر وزی کے پستانوں کی رس بھری کلیوں سے شراب پی۔۔۔ پھر وہ چونک اٹھا۔ اسے محسوس ہوا، ساتویں آسمان سے کوئی آواز اس تک پہنچ رہی ہے۔

"تیرا شکریہ!"

ملکہ شبر وزی کے جسم کی شراب میں تلقارمس ڈوب چکا تھا۔

صبح ہوئی تو ملکہ شبر وزی، وزرا اور امرا کے ساتھ تاجروں کو خوش آمدید کہنے شہر کے صدر دروازے پر پہنچی۔

قاسم بن ہدا اونٹ پر سوار تھا۔ اس کے پیچھے غلام تحائف لیے کھڑے تھے۔ قاسم بن ہدا کو تلقار مس دکھائی نہ دیا تو اس نے بلند آواز میں کہا، "ملکہ محترمہ! رسم کے مطابق اُجانیر کے بادشاہ وقت کو ہی ہمیں خوش آمدید کہنے آنا چاہیے۔ آپ اپنے خاوند کے حق میں دست بردار ہو چکی ہیں۔ اس لیے سال کے سب سے بڑے بازار کی رسمِ افتتاح کے لیے آپ کا تنہا آنا نیک فال نہیں۔۔۔!"

امرا اور وزرا سب گھبرا گئے لیکن ملکہ شبر وزی نے بڑے تحمل سے مسکراتے ہوئے جواب دیا، "اے امیر! تم نے ٹھیک کہا۔۔۔ لیکن بادشاہ کی علالت کے سبب مجھے تنہا آنا پڑا۔۔۔ میں نے اپنے مہمانوں کا بے سبب شہر کی فصیل کے باہر رکے رہنا مناسب نہ سمجھا۔۔۔"

قاسم بن ہدا نے کچھ دیر سوچنے کے بعد کہا، "نہیں ملکہ محترمہ! ہم تاجر جہاں اتنے دنوں سفر کی صعوبتیں جھیلتے رہے ہیں، وہاں ہم بادشاہ تلقار مس کے صحت یاب ہونے کا انتظار بھی کر سکتے ہیں۔"

ملکہ نے فوراً جواب دیا، "اگر امیر کی یہی خواہش ہے اور بادشاہ کا آنا اتنا ہی ضروری ہے تو بادشاہ تک ابھی پیغام بھجواتی ہوں۔۔۔"

ملکہ کے محافظ محل کی طرف لپکے اور تھوڑی ہی دیر میں انھوں نے نشے میں دھت بادشاہ تلقار مس کو ملکہ شبر وزی کی بغل میں لا کھڑا کیا۔ وہ کھڑا بھی نہ ہو پا رہا تھا۔۔۔ قاسم بن ہدیٰ کا ماتھا ٹھنکا۔

تمام رسومات ادا ہوئیں اور تاجر تجارت کے سامان سے لدے اونٹوں کے ساتھ شہر

میں داخل ہوئے۔۔۔ اور شہر کے بازاروں میں گزشتہ سال کی طرح چہل پہل نظر آنے لگی۔

سورج غروب ہونے سے پہلے قاسم بن ہدا اپنے ماموں کی قبر پر دعا پڑھنے گیا۔۔۔ فرید ابن سعید، عابد، یوسف، تینوں کے لیے دعا پڑھنے کے بعد اس نے تعظیم سے سر جھکا کر سجدہ کیا تو تینوں قبروں کے سینے شق ہو گئے۔۔۔ قاسم بن ہدا اس بشارت کا مطلب سمجھ گیا کہ مرحومین کی روحیں انتقام چاہتی ہیں۔

اس نے جلدی سے قبروں کی دراڑیں مٹی سے بھر دیں کہ کسی کو اس بشارت کا علم نہ ہو۔

ملکہ شبر وزی نے شہر کا صدر دروازہ تا حکمِ ثانی بند کر دینے کا حکم دے دیا تھا کہ وہ قاسم بن ہدا کی نیت جان سکے۔ اسے قاسم بن ہدا کی صبح کی گفتگو سے نفرت کی بو آتی محسوس ہوئی تھی۔

آدھی رات کے بعد ملکہ، تلقار مس کی نشے میں ڈوبی ہوئی گرفت سے نکلی اور لباس زیبِ تن کرنے کے بعد اپنے مخصوص حجرے میں مخبر کا انتظار کرنے لگی۔۔۔ مخبر نے اطلاع دی کہ قاسم بن ہدا کسی اور ہی ارادے سے اُجانیر میں وارد ہوا ہے، اس کے سامانِ تجارت میں اور چیزوں کے مقابلے سب سے زیادہ تعداد سامانِ حرب کی ہے اور اس کے غلاموں میں زیادہ تر غلام ماہرِ حرب ہیں۔

شہر میں چہل پہل تھی۔ رنگا رنگ کے ساتھ وقت کا سب سے بڑا بازار لگ رہا تھا۔ تاجر اور خریدار بھی سودے بازی میں مصروف تھے کہ سرکاری منّاد کی آمد ہوئی۔۔۔ نقارہ پٹا تو لوگ متوجہ ہوے اور منّاد سرکاری اعلان پڑھنے لگا۔

"ملک خدا کا، حکم بادشاہ کا، اطلاع برائے ہر خاص و عام۔ حاکم مقامی اور غیر مقامی

تاجرین کو خوش آمدید کہتا ہے۔ ان کی جان و مال کی حفاظت کا یقین دلاتا ہے۔۔۔ یہ اعلان بھی کیا جاتا ہے کہ متواتر بڑھتے ہوئے دفاعی اخراجات اور ملک پر پڑنے والی آفتوں کے پیش نظر آج سے اشیاء کی خرید اور فروخت، دونوں پر دونوں طرف سے پانچ پانچ فیصد محصول وصول کیا جائے گا۔۔۔ یہ اطلاع بھی دی جاتی ہے کہ سرکاری خزانے کی غیر تسلی بخش حالت کے پیش نظر اب تاجروں کو قرض نہ دیا جاسکے گا۔۔۔ بادشاہ کی نیک خواہشات خدا کے سب بندوں کو پیش کی جاتی ہیں۔"

لوگوں کے چہرے اعلان سن کر فق ہوگئے۔۔۔ انھوں نے شہر کے مرکزی دروازے کی طرف دیکھا۔ دروازہ بند تھا۔

سرائے کے ایک بڑے کمرے میں قاسم بن ہدا چھوٹی چھوٹی توپوں کے الگ الگ حصوں کو احتیاط اور حفاظت سے قطار میں رکھوا رہا تھا کہ اس قافلے کے کچھ تاجر گھبرائے ہوئے آئے اور اسے سرکاری اعلان کی اطلاع دی۔

قاسم بن ہدا نے بازار بند کر دینے کی ہدایت دی اور اپنے جانبازوں کو الگ الگ حصے جوڑ کر توپیں تیار کرنے کا حکم دیا۔ اور پھر کمر کے ساتھ تلوار باندھ کر سولہ جانبازوں کے ساتھ محل کی طرف روانہ ہوا۔

وہ بازار میں سے ہوتے ہوئے محل کی طرف جانے والی سڑک کی طرف مڑے ہی تھے کہ انھیں محل کی فصیل کے ساتھ ساتھ گھوڑ سوار مسلح سپاہ دکھائی دی۔

قاسم بن ہدا کا دایاں ہاتھ تلوار کے دستے پر جا پڑا۔ اس نے جانبازوں کی طرف دیکھا۔ سب کے ہاتھ تلواروں کے دستوں پر تھے۔۔۔ وہ بڑھتے رہے۔۔۔ گھوڑ سوار سپاہ سے ان کا سامنا ہوا تو سپاہ نے انھیں گھیر لیا اور اطلاع دی کہ وہ بادشاہ تلقارمس کے حکم سے حراست میں ہیں، اس لیے وہ اپنی تلوار سپاہ کے حوالے کر دیں۔

قاسم بن ہدا نے کڑک کر کہا، "خبردار۔۔۔ ہم خود بادشاہ تلقارمس سے ملنے جارہے ہیں۔"

گھوڑسوار سپاہ کی ٹکڑی کے سالار نے قاسم بن ہدا کے غیض وغضب کو دیکھا تو وہ ٹھٹک گیا۔۔۔ اس نے سپاہ کو حکم دیا کہ قاسم بن ہدااور اس کے رفیقوں کو نرغے میں لے کر وہ محل کی طرف بڑھیں۔

قاسم بن ہدا سولہ جانبازوں کے ساتھ دربار میں داخل ہوا۔ اس نے دیکھا۔۔۔ بادشاہ تلقارمس سرلنڈھائے تخت پر بیٹھا ہوا تھا اور اس کے دائیں طرف دوسرے تخت پر ملکہ شبروزی بھڑک دار لباس میں بیٹھی ہوئی تھی۔۔۔ مشیروں کی نشستوں پر منڈیاں ہلاتے ہوئے مٹی کے مجسمے رکھے ہوئے تھے۔

قاسم بن ہدا نے میان میں سے تلوار کھینچ لی اور اونچی آواز میں کہا، "جس ملک کا شاہی دربار سازشوں کا مسکن ہو، جہاں ایک مغنی بادشاہ بن جائے اور شراب اور حسن کے چوبچے میں غرق ہو جائے، جہاں مٹی کے مجسمے حکومت کے مشیر ہوں، اس ملک سے انصاف اور صداقت کمبل اوڑھ راتوں رات چپکے سے رخصت ہو جاتے ہیں۔۔۔"

بادشاہ تلقارمس جوں کا توں سرلنڈھائے بیٹھا رہا۔ ملکہ شبروزی نے قاسم بن ہدااور اس کے رفیقوں کی طرف دیکھا اور مخبر کی بات کو دھیان میں لاتے ہوئے بظاہر تحمل سے مخاطب ہوئی، "اے نڈر اور خوبصورت نوجوان! تمہاری تلوار اور تمہارا اندازِ گفتگو؟ ہم متاثر ہوئے۔۔۔ لیکن ہم مجبور ہیں۔۔۔ جو شاہی حکم کی خلاف ورزی کرتا ہے، اسے دستور کے مطابق سزا دی جاتی ہے۔۔۔ تم ہماری طرف دوستی کا ہاتھ بڑھاؤ، ہم محصول کے سلسلے میں غور کرسکتے ہیں۔۔۔ اور تمہیں معزز مہمان کے طور پر محل میں اپنے ساتھ ایک رات بسر کرنے کی دعوت دے سکتے ہیں۔۔۔ تلوار میان میں رکھو اور ہماری دعوت

قبول کرو۔۔۔" ملکہ کی آواز میں لپک تھی۔

قاسم بن ہدا نے حقارت سے پوچھا، "یہ ایک ملکہ کے الفاظ ہیں؟"

"ہاں۔۔۔ ملکہ شبر وزی ان الفاظ میں تمہیں دعوت دے رہی ہے۔۔۔"

"نہیں۔۔۔ ملکہ شبر وزی نہیں، ایک بازاری عورت۔۔۔"

"قاسم۔۔۔" ملکہ شبر وزی چلائی، "بادشاہ کے قہر سے ڈرو۔۔۔ ہمارے ملک کے دستور سے ڈرو۔۔۔ تمہارا خوبصورت جسم بوٹی بوٹی کتوں کے آگے ڈال دیا جائے گا۔۔۔"

"بادشاہ۔۔۔؟ پرانے وقتوں کا آتش بیان مغنی تلقار مس؟ جس نے نغموں کا گلا گھونٹ ڈالا، آدمیوں اور آدمیت سے رشتہ توڑ لیا، جو اپنا غیاب ایک بدکار عورت کی فرج میں بھول بیٹھا، اس بادشاہ کا قہر۔۔۔" قاسم ذرا رکا اور پھر چیخ پڑا، "میں اس دستور کی کتاب کو نہیں مانتا جس کی جلد پر خون کے نشانات ہیں۔۔۔" اور اسی لمحے اس نے قریب ہی چوکی پر رکھی ہوئی دستور کی کتاب پر ننگی آب دار تلوار کا بھرپور وار کیا۔۔۔ دستور کی کتاب دو ٹکڑے ہو کر فرش پر جا پڑی۔

ملکہ شبر وزی کانپنے لگی اور پوری قوت سے چلائی کہ قاسم اور اس کے رفیقوں کے سر کاٹ کر شہر کے مرکزی دروازے کے باہر لٹکا دیے جائیں کہ آنے والی نسلوں کو عبرت حاصل ہو۔

پیشتر اس کے کہ سپہ سالار اور سپاہ قاسم بن ہدا اور اس کے جانبازوں کی طرف بڑھتی، دربار میں گھمسان کا رن پڑنے لگا۔

ملکہ شبر وزی گھبرا گئی اور کھسک گئی۔۔۔ بادشاہ تلقار مس سر لنڈھائے تخت پر بیٹھا ہوا تھا۔

لوگ تلواریں، نیزے اور پتھر لئے محل کی طرف بڑھنے لگے۔۔۔ سپاہ کا قلع قمع

ہونے لگا۔

سورج ڈوبتے ڈوبتے محل کی فصیل میں شگاف پڑ چکے تھے۔۔۔ خون کی ندی دریائے نیل کے چاندی جیسے سیال کی طرف بڑھ رہی تھی۔

آسمان کی رنگت بتدریج سرخ ہونے لگی اور پھر تیز آندھی اٹھی اور سارے شہر میں اندھیرا ہو گیا۔ پھر آسمان پر رعد کڑکی اور اس لمحے لوگوں نے دیکھا، ملکہ شبر وزی محل کی چھت پر محراب کی منڈیر پر کھڑی ہے۔۔۔

پھر گھروں سے اٹھتا ہوا دھواں تھا، اونٹوں کی لاشیں تھیں، خون کی ندی تھی اور شہر کی بربادی۔

تلقارمس کے ہوش و حواس درست ہوئے تو اسے محسوس ہوا، وہ تخت پر بیٹھا ہوا ہے اور وہ اور تخت، سیاہی اور سناٹے کے نرغے میں ہیں۔ گرتا پڑتا نرغے میں سے نکلا تو آسمان پر رعد کڑکی اور اس نے دیکھا، وہ تھا اور کھنڈر ہی کھنڈر تھے۔

"میں کہاں ہوں خداوند۔۔۔؟" اس نے پکارا۔۔۔ اور پھر اس نے سنا۔

"شبر وزی اندھی قوت کا استعارہ ہے۔ جو کوئی اسے کنیز بنانے کی کوشش کرتا ہے۔ خود اس کا اسیر بن جاتا ہے۔۔۔ اب تو تو تنہا ہے۔۔۔ پتھروں پر اپنی بدکرداری اور بداعمالیوں کی داستان لکھ کہ یہی اب تیری زندگی ہے۔۔۔ تجھے یاد ہے، تھیلی میں رکھے ہوئے ماں کے دل کی آواز سن کر تو بلک بلک کر رونے لگا تھا۔ تیرے وہی آنسو تیری نجات کا سبب ہیں۔ تو غیاب کھو بیٹھا، اب یہ لمحہ مت کھو! اور پتھروں پر اپنے غیاب بجانے والے ہاتھوں سے لکھ دے یہ داستان۔۔۔"

تلقارمس کے منہ سے بے اختیار نکل گیا، "تیرا شکریہ! تیرا شکریہ!"

اور پتھروں کی چھاتی پر داستان رقم کرتے کرتے تلقارمس کھنڈروں میں کھنڈر

ہو گیا۔

اور جب کبھی ان کھنڈروں کے قریب سے تاجروں کے قافلے گزرتے ہیں، کبھی کبھی انھیں کسی کے رونے کی آواز سنائی دیتی ہے تو وہ اپنے اونٹوں کی رفتار تیز کر لیتے ہیں۔

"کمال کی داستان ہے۔۔۔!" میری بیوی نے لرزتی ہوئی آواز میں کہا۔ اس کی نظریں مسودے پر جمی ہوئی تھیں۔

میں نے ایک گہری سانس لی۔۔۔ میں کچھ نہ کہہ سکا، آنکھیں موندے سوچ میں غرق رہا۔ نجانے کیوں اور کب میں نے پوچھا، "اگر یہ داستان کسی ایسے شخص نے لکھی ہے تو آج ہمارے زمانے میں بھی زندہ ہے تو وہ کون ہو سکتا ہے؟"

نجانے کب تک میری بیوی سوچتی رہی۔ آخر اس نے جواب دیا، "کرشن چندر۔۔۔!"

"نہیں!"

"خواجہ احمد عباس۔۔۔ احمد ندیم قاسمی۔۔۔"

"نہیں!"

"رام لعل۔۔۔ جوگندر پال۔۔۔"

"نہیں!"

"انور عظیم۔۔۔"

"نہیں!"

"تو پھر کون ہو سکتا ہے۔۔۔" میری بیوی نے آخر تھک ہار کر مجھ سے سوال کیا۔

میں نے ایک نظر بیوی کو دیکھا اور پھر قریب بیٹھے ہوئے بچوں پر نگاہ ڈالی جو انہماک سے داستان سننے کے بعد چپ چاپ بیٹھے ہوئے تھے۔

"خاموش کیوں ہو گئے۔۔۔؟ بولونا، کون ہو سکتا ہے ؟"

میں نے بیوی کی طرف دیکھا، "میں !تلقارمس میں ہی تھا۔۔۔ یہ داستان میں نے ہی لکھی تھی۔۔۔"

میری بیوی سہم گئی۔ اس کا چہرہ مارے خوف کے زرد پڑ گیا۔ آنکھیں بجھ گئیں۔۔۔ اس نے بچوں کو بازوؤں میں سمیٹ کر چھاتی سے لگالیا۔

وہ بمشکل کہہ سکی، "کیا میں پچھلے بیس برس سے ہزاروں برس پرانے بھوت کے ساتھ زندگی گزار رہی ہوں۔۔۔"

***

بجوکا

پریم چند کی کہانی کا "ہوری" اتنا بوڑھا ہو چکا تھا کہ اس کی پلکوں اور بھوؤں تک کے بال سفید ہو گئے تھے کمر میں خم پڑ گیا تھا اور ہاتھوں کی نسیں سانولے کھردرے گوشت سے ابھر آئی تھیں۔

اس اثنا میں اس کے ہاں دو بیٹے ہوئے تھے، جو اب نہیں رہے۔ ایک گنگا میں نہا رہا تھا کہ ڈوب گیا اور دوسرا پولیس مقابلے میں مارا گیا۔ پولیس کے ساتھ اس کا مقابلہ کیوں ہوا اس میں کچھ ایسی بتانے کی بات نہیں۔ جب بھی کوئی آدمی اپنے وجود سے واقف ہوتا ہے اور اپنے اِرد گرد پھیلی ہوئی بے چینی محسوس کرنے لگتا ہے تو اس کا پولیس کے ساتھ مقابلہ ہو جانا قدرتی ہو جاتا ہے۔ بس ایسا ہی کچھ اس کے ساتھ ہوا تھا۔۔ اور بوڑھے ہوری کے ہاتھ ہل کے ہتھے کو تھامے ہوئے ایک بار ڈھیلے پڑے، ذرا کانپے اور پھر ان کی گرفت اپنے آپ مضبوط ہو گئی۔ اس نے بیلوں کو ہانک لگائی اور ہل کا پھل زمین کا سینہ چیرتا ہوا آگے بڑھ گیا۔

ان دونوں بیٹوں کی بیویاں تھیں اور آگے ان کے پانچ بچے، تین گنگا میں ڈوبنے والے کے اور دو پولیس مقابلہ میں مارے جانے والے کے۔ اب ان سب کی پرورش کا بار ہوری پر آن پڑا تھا، اور اس کے بوڑھے جسم میں خون زور سے گردش کرنے لگا تھا۔

اس دن آسمان سورج نکلنے سے پہلے کچھ زیادہ ہی سرخ تھا اور ہوری کے آنگن کے

کنویں کے گرد پانچوں بچے ننگ دھڑنگ بیٹھے نہار ہے تھے۔ اس کی بڑی بہو کنویں سے پانی نکال نکال کر ان پر باری باری انڈیلتی جا رہی تھی اور وہ اچھلتے ہوئے اپنا پنڈا ملتے پانی اچھال رہے تھے۔ چھوٹی بہو بڑی بڑی روٹیاں بنا کر چنگیری میں ڈال رہی تھی اور ہوری اندر کپڑے بدل کر پگڑی باندھ رہا تھا۔ پگڑی باندھ کر اس نے طاقچے میں رکھے آئینے میں اپنا چہرہ دیکھا۔۔۔ سارے چہرے پر لکیریں پھیل گئیں۔ اس نے قریب ہی لٹکی ہوئی ہنومان جی کی چھوٹی سی تصویر کے سامنے آنکھیں بند کر کے دونوں ہاتھ جوڑ کر سر جھکایا اور پھر دروازے میں سے گزر کر باہر آنگن میں آ گیا۔

"سب تیار ہیں؟" اس نے قدرے اونچی آواز میں پوچھا۔

"ہاں باپو۔۔۔" سب بچے ایک ساتھ بول اٹھے۔ بہوؤں نے اپنے سروں پر پہلو درست کیے اور ان کے ہاتھ تیزی سے چلنے لگے۔ ہوری نے دیکھا کہ کوئی بھی تیار نہیں تھا۔ سب جھوٹ بول رہے تھے۔۔۔ اس نے سوچا یہ جھوٹ ہماری زندگی کے لیے کتنا ضروری ہے۔ اگر بھگوان نے ہمیں جھوٹ جیسی نعمت نہ دی ہوتی تو لوگ دھڑا دھڑ مرنے لگ جاتے۔ اس کے پاس جینے کا کوئی بہانہ نہ رہ جاتا۔ ہم پہلے جھوٹ بولتے ہیں اور پھر اسے سچ کرنے کی کوشش میں دیر تک زندہ رہتے ہیں۔

ہوری کے پوتے پوتیاں اور بہوئیں۔۔۔ ابھی ابھی بولے ہوئے جھوٹ کو سچ ثابت کرنے میں پوری تندہی سے جٹ گئیں۔ جب تک ہوری نے ایک کونے میں پڑے کٹائی کے اوزار نکالے۔۔۔ اور اب وہ سچ مچ تیار ہو چکے تھے۔

ان کا کھیت لہلہا اٹھا تھا۔ فصل پک گئی تھی اور آج کٹائی کا دن تھا۔ ایسے لگ رہا تھا کہ جیسے کوئی تہوار ہو۔ سب بڑے چاؤ سے جلد از جلد کھیت پر پہنچنے کی کوشش میں تھے کہ انھوں نے دیکھا سورج کی سنہری کرنوں نے سارے گھر کو اپنے جادو میں جکڑ لیا ہے۔

ہوری نے انگوچھا کندھے پر رکھتے ہوئے سوچا۔ کتنا اچھا سمے آ پہنچا ہے، نہ اہلمد کی دھونس نہ بنئے کا کھٹکا، نہ انگریز کی زور زبردستی اور نہ زمیندار کا حصہ۔۔۔ اس کی نظروں کے سامنے ہرے ہرے خوشے جھوم اٹھے۔

"چلو بابو"، اس کے بڑے پوتے نے اس کی انگلی پکڑ لی، باقی بچے اس کی ٹانگوں کے ساتھ لپٹ گئے۔ بڑی بہو نے کوٹھری کا دروازہ بند کیا اور چھوٹی بہو نے روٹیوں کی پوٹلی سر پر رکھی۔

بیر بجرنگی کا نام لے کر سب باہر کی چاردیواری والے دروازے میں سے نکل کر گلی میں آ گئے اور پھر دائیں طرف مڑ کر اپنے کھیت کی طرف بڑھنے لگے۔

گاؤں کی گلیوں، گلیاروں میں چہل پہل شروع ہو چکی تھی۔ لوگ کھیتوں کو آ جا رہے تھے۔ سب کے دلوں میں مسرّت کے انار چھوٹتے محسوس ہو رہے تھے۔ سب کی آنکھیں پکی فصلیں دیکھ کر چمک رہی تھیں۔ ہوری کو لگا کہ جیسے زندگی کل سے آج ذرا مختلف ہے۔ اس نے پلٹ کر اپنے پیچھے آتے ہوئے بچوں کی طرف دیکھا۔ وہ بالک ویسے ہی لگ رہے تھے جیسے کسان کے بچے ہوتے ہیں۔ سانولے مریل سے۔۔۔ جو جیپ گاڑی کے پہیوں کی آواز اور موسم کی آہٹ سے ڈر جاتے ہیں۔ بہوئیں ویسی ہی تھیں جیسے غریب کسان کی بیوہ عورتیں ہوتی ہیں۔ چہرے گھونگھٹوں میں چھپے ہوئے اور لباس کی ایک ایک سلوٹ میں غریبی جوؤں کی طرح چھپی بیٹھی۔

وہ سر جھکا کر آگے بڑھنے لگا۔ گاؤں کے آخری مکان سے گزر کر آگے کھلے کھیت تھے۔ قریب ہی رہٹ خاموش کھڑا تھا۔ نیم کے درخت کے نیچے ایک کتا بے فکری سے سویا ہوا تھا۔ دور طویلے میں کچھ گائیں، بھینسیں اور بیل چارہ کھا کر پھنکار رہے تھے۔ سامنے دور دور تک لہلہاتے ہوئے سنہری کھیت تھے۔۔۔ ان سب کھیتوں کے بعد ذرا دور

جب یہ سب کھیت ختم ہو جائیں گے اور پھر چھوٹا سانالہ پار کر کے الگ تھلگ ہوری کا کھیت تھا جس میں جَھونا پک کر انگڑائیاں لے رہا تھا۔

وہ سب پگڈنڈیوں پر چلتے ہوئے دور سے ایسے لگ رہے تھے جیسے رنگ برنگے کپڑے سوکھی گھاس پر رینگ رہے ہوں۔۔۔ وہ سب اپنے کھیت کی طرف جارہے تھے۔ جس کے آگے تھل تھا۔ دور دور تک پھیلا ہوا، جس میں کہیں ہریالی نظر نہ آتی تھی بس تھوڑی بے جان مٹی تھی، جس میں پاؤں رکھتے ہی دھنس جاتا تھا۔ اور مٹی یوں بھر بھری ہوگئی تھی کہ جیسے اس کے دونوں بیٹوں کی ہڈیاں چتا میں جل کر پھول بن گئی تھیں اور پھر ہاتھ لگاتے ہی ریت کی طرح بکھر جاتی تھیں۔ وہ تھل دھیرے دھیرے بڑھ رہا تھا۔ ہوری کو یاد آیا پچھلے پچاس برسوں میں وہ دو ہاتھ آگے بڑھ آیا تھا۔ ہوری چاہتا تھا کہ جب تک بچے جوان ہوں وہ تھل اس کے کھیت تک نہ پہنچے اور تب تک وہ خود کسی تھل کا حصہ بن چکا ہو گا۔

پگڈنڈیوں کا نہ ختم ہونے والا سلسلہ اور اس پر ہوری اور اس کے خاندان کے لوگوں کے حرکت کرتے ہوئے ننگے پاؤں۔۔۔

سورج آسمان کی مشرقی کھڑکی میں سے جھانک کر دیکھ رہا تھا۔

چلتے چلتے ان کے پاؤں مٹی سے اٹ گئے تھے۔ کئی اِرد گرد کے کھیتوں میں لوگ کٹائی کرنے میں مصروف تھے وہ آتے جاتے کو رام رام کہتے اور پھر کسی انجانے جوش اور ولولے کے ساتھ ٹہنیوں کو درانتی سے کاٹ کر ایک طرف رکھ دیتے۔

انھوں نے باری باری نالہ پار کیا۔ نالے میں پانی نام کو بھی نہ تھا۔۔۔ اندر کی ریت ملی مٹی بالکل خشک ہو چکی تھی اور اس پر عجیب و غریب نقش و نگار بنے تھے۔ وہ پانی کے پاؤں کے نشان تھے۔۔۔ اور سامنے لہلہاتا ہوا کھیت نظر آ رہا تھا۔ سب کا دل بلیوں اچھلنے

لگا۔۔۔ فصل کٹے گی تو ان کا آنگن پھوس سے بھر جائے گا اور کوٹھری اناج سے، پھر کھٹیا پر بیٹھ کر بھات کھانے کا مزہ آئے گا۔ کیا ڈکاریں آئیں گی پیٹ بھر جانے کے بعد ان سب نے ایک ہی بار سوچا۔

اچانک ہوری کے قدم رک گئے۔ وہ سب بھی رک گئے۔ ہوری کھیت کی طرف حیرانی سے دیکھ رہا تھا۔ وہ سب کبھی ہوری کو اور کبھی کھیت کو دیکھ رہے تھے کہ اچانک ہوری کے جسم میں جیسے بجلی کی سی پھرتی پیدا ہوئی۔ اس نے چند قدم آگے بڑھ کر بڑے جوش سے آواز لگائی۔

"ابے کون ہے۔۔۔۔ے۔۔۔۔ے۔۔۔؟"

اور پھر سب نے دیکھا ان کے کھیت میں سے کوئی جواب نہ ملا۔ اب وہ قریب آ چکے تھے اور کھیت کے دوسرے کونے پر درانتی چلنے کی سڑاپ سڑاپ چلنے کی آواز بالکل صاف سنائی دے رہی تھی۔ سب قدرے سہم گئے۔ پھر ہوری نے ہمت سے للکارا۔

"کون ہے حرام کا جنا۔۔۔ بولتا کیوں نہیں؟" اور اپنے ہاتھ میں پکڑی درانتی سونت لی۔

اچانک کھیت کے پرلے حصے میں سے ایک ڈھانچہ سا ابھرا اور جیسے مسکرا کر انہیں دیکھنے لگا ہو۔۔۔ پھر اس کی آواز سنائی دی۔

"میں ہوں ہوری کاکا۔۔۔ بجوکا!" اس نے اپنے ہاتھ میں پکڑی درانتی فضا میں ہلاتے ہوئے جواب دیا۔

سب کی مارے خوف کے گھُٹی گھُٹی سی چیخ نکل گئی۔ ان کے رنگ زرد پڑ گئے اور ہوری کے ہونٹوں پر گویا سفید پپڑی سی جم گئی۔۔۔ کچھ دیر کے لیے سب سکتے میں آ گئے اور بالکل خاموش کھڑے رہے۔۔۔ وہ کچھ دیر کتنی تھی؟ ایک پل ایک صدی یا پھر ایک

ئیگ۔۔۔ اس کا ان میں سے کسی کو اندازہ نہ ہوا۔ جب تک انھوں نے ہوری کی غصہ سے کانپتی ہوئی آواز نہ سنی انہیں اپنی زندگی کا احساس نہ ہوا۔

"تم۔۔۔ بجوکا۔۔۔ تم۔ ارے تم کو تو میں نے کھیت کی نگرانی کے لیے بنایا تھا۔۔۔ بانس کی پھانکوں سے اور تم کو اس انگریز شکاری کے کپڑے پہنائے تھے جس کے شکار میں میرا باپ ہانکا لگاتا تھا اور وہ جاتے ہوئے خوش ہو کر اپنے پھٹے ہوئے خاکی کپڑے میرے باپ کو دے گیا تھا۔ تیرا چہرہ میرے گھر کی بے کار ہانڈی سے بنا تھا اور اس پر اسی انگریز شکاری کا ٹوپا رکھ دیا تھا ارے تو بے جان پتلا میری فصل کاٹ رہا ہے؟"

ہوری کہتا ہوا آگے بڑھ رہا تھا اور بجوکا بدستور ان کی طرف دیکھتا ہوا مسکرا تا رہا تھا۔ جیسے اس پر ہوری کی کسی بات کا کوئی اثر نہ ہوا ہو۔ جیسے ہی وہ قریب پہنچے انھوں نے دیکھا۔۔۔ فصل ایک چوتھائی کے قریب کٹ چکی ہے اور بجوکا اس کے قریب درانتی ہاتھ میں لیے مسکرا رہا ہے۔ وہ سب حیران ہوئے کہ اس کے پاس درانتی کہاں سے آگئی۔۔۔ وہ کئی مہینوں سے اسے دیکھ رہے تھے۔ بے جان بجوکا دونوں ہاتھوں سے خالی کھڑا رہتا تھا۔۔۔ مگر آج۔۔۔ وہ آدمی لگ رہا تھا۔ گوشت پوست کا ان جیسا آدمی۔۔۔ یہ منظر دیکھ کر ہوری تو جیسے پاگل ہو اٹھا۔ اس نے آگے بڑھ کر اسے ایک زوردار دھکا دیا۔۔۔ مگر بجوکا تو اپنی جگہ سے بالکل نہ ہلا۔ البتہ ہوری اپنے ہی زور کی مار کھا کر دور جا گرا۔۔۔ سب لوگ چیختے ہوئے ہوری کی طرف بڑھے۔ وہ اپنی کمر پر ہاتھ رکھے اٹھنے کی کوشش کر رہا تھا۔۔۔ سب نے اسے سہارا دیا اور اس نے خوف زدہ ہو کر بجوکا کی طرف دیکھتے ہوئے کہا۔

"تو۔۔۔ تُو مجھ سے بھی طاقتور ہو چکا ہے بجوکا! مجھ سے۔۔۔؟ جس نے تمھیں اپنے ہاتھوں سے بنایا۔ اپنی فصل کی حفاظت کے واسطے۔"

بجوکا حسبِ معمول مسکرا رہا تھا، پھر بولا، "تم خواہ مخواہ خفا ہو رہے ہو ہوری کاکا، میں

نے تو صرف اپنے حصے کی فصل کاٹی ہے۔ ایک چوتھائی۔۔۔"

"لیکن تم کو کیا حق ہے میرے بچوں کا حصہ لینے کا۔ تم کون ہوتے ہو؟"

"میرا حق ہے ہوری کاکا۔۔۔ کیوں کہ میں ہوں۔۔۔ اور میں نے اس کھیت کی حفاظت کی ہے۔"

"لیکن میں نے تو تمہیں بے جان سمجھ کر یہاں کھڑا کیا تھا اور بے جان چیز کا کوئی حق نہیں۔ یہ تمہارے ہاتھ میں درانتی کہاں سے آگئی؟"

بجوکا نے ایک زور دار قہقہہ لگایا، "تم بڑے بھولے ہو۔۔۔ ہوری کاکا! خود ہی مجھ سے باتیں کر رہے ہو۔۔۔ اور پھر مجھ کو بے جان سمجھتے ہو۔۔۔؟"

"لیکن تم کو یہ درانتی اور زندگی کس نے دی۔۔۔؟ میں نے تو نہیں دی تھی!"

"یہ مجھے آپ سے آپ مل گئی۔۔۔ جس دن تم نے مجھے بنانے کے لیے بانس کی پھانکیں چیری تھیں۔ انگریز شکاری کے پھٹے پرانے کپڑے لائے تھے، گھر کی بے کار ہانڈی پر میری آنکھیں، ناک اور کان بنایا تھا۔ اسی دن ان سب چیزوں میں زندگی کلبلا رہی تھی اور یہ سب مل کر میں بنا اور میں فصل پکنے تک یہاں کھڑا رہا اور ایک درانتی میرے سارے وجود میں سے آہستہ آہستہ نکلتی رہی۔۔۔ اور جب فصل پک گئی وہ درانتی میرے ہاتھ میں تھی۔ لیکن میں نے تمہاری امانت میں خیانت نہیں کی۔۔۔ میں آج کے دن کا انتظار کرتا رہا اور آج تم اپنی فصل کاٹنے آئے ہو۔۔۔ میں نے اپنا حصہ کاٹ لیا، اس میں بگڑنے کی کیا بات۔۔۔" بجوکا نے آہستہ آہستہ سب کہا۔۔۔ تاکہ ان سب کو اس کی بات اچھی طرح سمجھ میں آجائے۔

"نہیں ایسا نہیں ہو سکتا۔ یہ سب سازش ہے۔ میں تمہیں زندہ نہیں مانتا۔ یہ سب چھلاوہ ہے۔ میں پنچایت سے اس کا فیصلہ کراؤں گا۔ تم درانتی پھینک دو۔ میں تمہیں ایک

تنکا بھی لے جانے نہیں دوں گا۔۔۔" ہوری چیخا اور بجوکا نے مسکراتے ہوئے درانتی پھینک دی۔

گاؤں کی چوپال پر پنچایت لگی۔۔۔ پنچ اور سرپنچ سب موجود تھے۔ ہوری۔۔۔ اپنے پوتے پوتیوں کے ساتھ بیچ میں بیٹھا تھا۔ اس کا چہرہ مارے غم کے مرجھایا ہوا تھا۔ اس کی دونوں بہوئیں دوسری عورتوں کے ساتھ کھڑی تھیں اور بجوکا کا انتظار تھا۔ آج پنچایت نے اپنا فیصلہ سنانا تھا۔ مقدمہ کے دونوں فریق اپنا اپنا بیان دے چکے تھے۔

آخر دور سے بجوکا خراماں آتا دکھائی دیا۔۔۔ سب کی نظریں اس طرف اُٹھ گئیں وہ ویسے ہی مسکراتا ہوا آرہا تھا۔ جیسے ہی وہ چوپال میں داخل ہوا۔ سب غیر ارادی طور پر اٹھ کھڑے ہوئے اور ان کے سر تعظیماً جھک گئے۔ ہوری یہ تماشا دیکھ کر تڑپ اٹھا، اسے لگا کہ جیسے بجوکا نے سارے گاؤں کے لوگوں کا ضمیر خرید لیا ہے۔ پنچایت کا انصاف خرید لیا ہے۔ وہ تیز پانی میں بے بس آدمی کی طرح ہاتھ پاؤں مارتا ہوا محسوس کرنے لگا۔

آخر سرپنچ نے اپنا فیصلہ سنایا، ہوری کا سارا وجود کانپنے لگا، اس نے پنچایت کے فیصلے کو قبول کرتے ہوئے فصل کا چوتھائی حصہ بجوکا کو دینا منظور کر لیا۔ اور پھر کھڑا ہو کر اپنے پوتوں سے کہنے لگا۔

"سنو۔۔۔ یہ شاید ہماری زندگی کی آخری فصل ہے۔ ابھی تھل کھیت سے کچھ دوری پر ہے۔ میں تمہیں نصیحت کرتا ہوں، اپنی فصل کی حفاظت کے لیے پھر کبھی بجوکا نہ بنانا۔ اگلے برس جب ہل چلیں گے۔۔۔ بیج بویا جائے گا اور بارش کا امرت کھیت میں سے کونپلوں کو جنم دے گا۔ تو مجھے ایک بانس پر باندھ کر ایک کھیت میں کھڑا کر دینا۔۔۔ بجوکا کی جگہ پر۔ میں تب تک تمہاری فصلوں کی حفاظت کروں گا، جب تک تھل آگے بڑھ کر کھیت کی مٹی کو نگل نہیں لے گا اور تمہارے کھیتوں کی مٹی بھُر بھُری نہیں ہو جائے گی۔

مجھے وہاں سے ہٹانا نہیں۔۔۔ وہیں رہنے دینا۔۔۔ تاکہ جب لوگ دیکھیں تو انہیں یاد آئے کہ بجوکا نہیں بنانا۔۔۔ کہ بجوکا بے جان نہیں ہوتا۔۔۔ آپ سے آپ اسے زندگی مل جاتی ہے اور اس کا وجود اسے درانتی تھما دیتا ہے اور اس کا فصل کی ایک چوتھائی پر حق ہو جاتا ہے"، ہوری نے کہا اور پھر آہستہ آہستہ اپنے کھیت کی طرف بڑھا۔ اس کے پوتے اور پوتیاں اس کے پیچھے تھے اور پھر اس کی بہوئیں اور ان کے پیچھے گاؤں کے دوسرے لوگ سر جھکائے ہوئے چل رہے تھے۔

کھیت کے قریب پہنچ کر ہوری گرا اور ختم ہو گیا، اس کے پوتے پوتیوں نے اسے ایک بانس سے باندھنا شروع کیا اور باقی کے لوگ یہ تماشا دیکھتے رہے۔ بجوکا نے اپنے سر پر رکھا شکاری ٹوپا اتار کر سینے کے ساتھ لگالیا اور اپنا سر جھکا دیا۔

****

یادگار افسانوں کا ایک اور انتخاب

سرکس

مصنف : سریندر پرکاش

بین الاقوامی ایڈیشن جلد منظر عام پر آرہا ہے